Jorge Luis
Borges

Biblioteca personal. Prólogos

私人藏书:序言集

［阿根廷］豪尔赫·路易斯·博尔赫斯 著

盛力 崔鸿如 译

上海译文出版社

目 录

序　言

随着岁月的流逝，我们的脑中会有一套浩繁的藏书形成，那是由曾经让我们爱不释手并且极想与人分享的书和文组成的。这一私人藏书中的每篇文字不一定都很有名。原因很清楚。传播名声的是大学里的教授，他们感兴趣的不是文学的美而是文学的运动、年代以及对一些作品的繁琐分析（那些作品似乎不是为了使读者愉悦而是为了让人分析而写的）。

我已大致想好并要为之作序的这套书则是为使人感到愉悦而写的。我既不按自己的文学习惯也不按某一传统、某一流派、哪个国家或哪个时代来选择。我曾经说过这样的话："让别人去夸耀写出的书好了，我则要为我读过的书而自诩。"我不知道自己是不是个好作家，但我相信我是一个极好的读者；不管怎么说，我是一个敏感而心怀感激的读者。希望这套书就像我的永不满足的好奇心那样包括各个方面——好奇心曾诱使我而且继续诱使我涉足那么多的语言、那么多种文学。我知道小说也像寓言和歌剧那样不真实，但我仍把小说收了进来，因为这些作品也曾进入我的生活。我要重复一遍，这套由不同类型的书汇成的丛书是我个人的偏好。

我和玛丽亚·儿玉曾远涉重洋遍游世界。我们去过得克萨斯、日本、日内瓦、底比斯；现在，为了汇集对我们来说曾是最重要的书，我们将如圣奥古斯丁所言，历览记忆的走廊和宫殿。

一本书不过是万物中的一物，是存在于这个与之毫不相干的世上的所有书籍中平平常常的一册，直至找到了它的读者，找到那个能领悟其象征意义的人。于是便产生了那种被称为美的奇特的激情，这是心理学和修辞学都无法破译的那种美丽的神秘。西里西亚的安杰勒斯曾说："玫瑰是没有理由的。"几个世纪之后，惠斯勒又宣称："艺术是自己发生的。"

但愿你就是本书等待的读者。

豪·路·博尔赫斯

胡利奥·科塔萨尔
《故事集》

四十年代的某段时间，我在一家犹如秘密刊物的文学杂志当编辑。一个平平常常的下午，有个身材高大的年轻人（我已不记得他当时的模样）交给我一份手写的短篇小说稿。我对他说过十天再来，届时我会把我的想法告诉他。一周后，他来了。我对他说，他的那篇小说我很喜欢，已经送去刊印了。没过多久，胡利奥·科塔萨尔便读到了印成铅字的《被侵占的房子》，故事中还插有诺拉·博尔赫斯所绘的两幅铅笔画。许多年后的某个晚上，科塔萨尔在巴黎坦白地告诉我，那是他第一次发表作品。我因充当了他的工具而感到荣幸。

那篇小说写一所房子被不知何人渐渐侵占的故事，在以后的创作中，科塔萨尔再次使用这个题材，不过采用了不那么直接的形式，效果也因而显得更好。但丁·加布里埃尔·罗塞蒂读了《呼啸山庄》后曾在给一位友人的信中说："事情发生在地狱，但不知为什么全都是英国地名。"科塔萨尔的作品给人以同样的印象。故事专写平庸的人物。这些人受制于由偶然的爱和偶然的不和所组成的常规，四周都是平庸的事物：香烟的牌子、玻璃橱窗、柜台、威士忌、药房、机场和站台。他们无奈地用报纸和收音机打发时间。故事发生的地方总是布宜诺斯艾利斯或巴黎。开始读这些故事时，我们会以为不过是一般的叙述，读到后来才发现不对，讲故事的人不知不觉地把我们带进他那个与幸福无缘的可怕的世界。那是一个各种物质错杂的多孔的世界；人的意识可以进入动物的意识中，动物的意识也可进入人的意识之中。科塔萨尔也玩弄制成我们身体的材料——时间。在一些故事中，两条时间线在流动、交织。

这些小说的风格算不上精致，但每个词都经过挑选，谁都无法叙述科塔萨尔哪篇故事的情节；每篇故事都由一定的词语、按一定的次序组成，若想对其中的哪一篇作个简述，那我们就会明白总有一些宝贵的东西被丢弃。

《伪福音》

　　读这本书就是以一种近乎神奇的方式回到最初的世纪，那时，宗教是一种激情，很久以后才出现教会的教义和神学家的论证。最初，唯一有意义的是，在三十三年的时间里，上帝之子是一个人，一个以自己的死为世世代代的亚当子孙赎罪的被鞭笞、被祭献的人。揭示这一真相的许多书中就有这部《伪福音》。这个"伪"字现在一般用作"伪造"或"虚假"，其原义却是"隐秘"。隐秘的文字便是不向大众公开，只让少数人阅读的文字。

　　先不管我们是否缺乏信仰，基督可是人类记忆中最鲜活的形象。他有幸在一个偏远的地方宣传他的教义（如今他的这些教义已传遍全球）。他的十二个弟子既贫穷又无文化。基督除了用手指在地上随写随抹的那些字句之外，没留下任何文字（毕达哥拉斯和佛陀也都是口头传授的大师）。他不作任何论证，其思维的自然形式是比喻。为谴责葬礼的铺张、浮华，他断言那是死人在埋藏他们的死者；为指斥法利赛人的虚假，他说他们是刷白的坟墓。他年纪轻轻便在十字架上被钉死——十字架在当时等同于一个断头台，现在则成了一个象征。塔西佗曾不经意地提起他，称他为基督，但并未料到他会有如此深远的影响。没有人像基督那样左右过并仍在左右着历史的进程。

本书与《福音书》正典[1]并不矛盾。只不过是同一部传记的奇怪的变奏罢了，它向我们展现了料想不到的奇迹。书中称耶稣五岁时用黏土捏了几只麻雀，麻雀随即飞了起来，唧唧喳喳地消失在空中，和他一起玩耍的小伙伴们惊得目瞪口呆。书中也写了一个尚未明白事理却又无所不能的孩子所做出的残忍的奇迹。《旧约》中的地狱是坟墓，《神曲》的三韵句把地狱描绘成一组地形精确的地下牢狱，

---

1 即《圣经·新约》中的《马太福音》、《马可福音》、《路加福音》和《约翰福音》。

在本书中，地狱则是一个与魔王撒旦对话、颂扬上帝的高傲人物。

这部被遗忘了好几个世纪，现在被重新发现的《伪福音》和《新约》正典都曾是耶稣教义的最古老的工具。

弗兰茨·卡夫卡
《美国》《短篇小说集》

弗兰茨·卡夫卡一八八三年诞生，一九二四年去世。众所周知，这几十年里发生了一系列重大事件：第一次欧战、对比利时的入侵、一次次的失败与胜利、英国舰队对几个欧洲中部帝国的封锁、饥饿的岁月、俄国革命（起初曾是巨大的希望，现在已成沙皇制度）、崩溃、《布列斯特-立陶夫斯克条约》[1]以及后来又引发了第二次世界大战的《凡尔赛和约》。马克斯·布罗德撰写的《卡夫卡传》则录下了这位作家个人生活中发生的种种事件：与父亲的对立、孤独、攻读法律、办公室的刻板生活、大量的手稿、结核病，等等。这个时期更发生了大规模的、怪异的文学冒险：德国的表现主义、贝希尔[2]、叶芝和乔伊斯的语言功绩等。

卡夫卡的命运就是把各种各样的处境和挣扎化为寓言。他用清澈的风格来写污浊的梦魇。他熟读《圣经》，崇拜福楼拜、歌德、斯威夫特等作家，这一切都表现在他的作品之中。他是犹太人，但就我所知，其作品中从未出现过犹太人这个词。他的作品不受时间限制，或许更是永恒的。

卡夫卡是我们这个灾难频仍的奇怪的世纪里伟大的经典作家。

1　1918 年 3 月苏俄为退出第一次世界大战与德国为首的同盟国签订的停战协定。
2　Johannes R. Becher（1891—1958），德国政治家、小说家、诗人。

吉尔伯特·基思·切斯特顿
《蓝十字和其他故事》

　　说吉尔伯特·基思·切斯特顿（一八七四～一九三六）完全可能成为卡夫卡是很有道理的。切斯特顿写过这样的句子：黑夜是一片比世界更大的云，是一个满身是眼的妖魔。这样一个作家是完全可以做出像《审判》、《城堡》那样一些令人称奇而又使人压抑的梦魇的。事实上，他真的做过那样的噩梦，后在天主教信仰中找到了灵魂得救的途径（他奇怪地声称天主教乃基于常人见识）。在内心深处，他患了"世纪末"的病症，在一封给爱德蒙·本特利[1]的信中，他说，"我的朋友，当你我年轻的时候，世界已经很老了，"然后借用惠特曼和斯蒂文森的伟大声音来宣告自己的青春。

这个集子包括一系列看上去像是侦探故事又远远不止是侦探故事的作品，每一篇都给我们出了一个看似解不开的难题，然后提出一个残酷而又神奇的解决办法，最后作出力图显得合情合理的解答。每篇小说都是一个讽喻故事，同时又是一个短剧，人物就像演员那样依次登场。

　　切斯特顿在专事写作之前曾学习绘画，他的所有作品都具有奇特的视觉效果。当侦探小说不再流行时，人们还会读这些文字，倒不是因为布朗神甫找到的合理的解答，而是因为书中那些曾使我们悚然的超自然的可怕的东西。若要我在此书的多篇故事中挑选一篇，我想我会挑《启示录三骑士》，此作的典雅堪与一局象棋比赛相媲美。

　　切斯特顿写有大量作品，字字句句妙趣横生。我可随便举出两部：一部是写于一九一二年的《白马谣》，本世纪已被遗忘的史诗因它而重放光芒；另一部是写于一九二五年的《永远的人》，那是一部没有日期而且几乎没有人名、地名的奇怪的世界史，表现人在世上的凄美的命运。

1　Edmund Bentley（1875—1956），英国记者、小说家，切斯特顿的密友，《特伦特的最后案件》被认为是侦探小说中里程碑式的作品。

莫里斯·梅特林克
《花的智慧》

　　亚里士多德认为哲学产生于惊奇。那便是生的惊奇，就是生于此时、生于这个与其他人、动物以及星星共享的世界的那份惊奇。惊奇也产生了诗。就莫里斯·梅特林克而言——正像爱伦·坡那样——这份惊奇便是恐怖。梅氏的第一本诗集《温室》（一八八九年）列举了一些使人困惑的朦胧的事情：高塔中挨饿的公主、沙漠中的水手、远方一个照料病人的打驼鹿的猎手、百合丛中的夜鸟、晴日中天空的气味、宝座上坐着的流浪汉、千年的雪和雨等。这一切曾引来诺尔道[1]大夫戏谑的模仿（诺尔道那部正颜厉色的著作《颓废》汇集了所有被他指责的作家，可谓"功德无量"）。艺术总要为其所表述的事实辩白并作好铺垫，梅特林克在其创作中向我们精心展示种种超乎想象、无法解释的奇怪事情：《盲人》（一八九〇年）中的主角是两个在林中迷路的瞎子；在同年出版的《不速之客》中，一个老人听到正走进他屋子的死神的脚步声；在《青鸟》（一九〇九年）中，往昔是众多一动不动的蜡人居住的空间。梅氏是第一位象征主义戏剧家。

梅特林克起初探索神秘的种种可能性，后来试图破译神秘。他超越童年时期的天主教信仰去探询神奇之物、思想的传递、欣顿[2]的第四维、埃尔伯费尔德的奇马、花的智慧等。昆虫有序而恒定的世界给了他启发，他有两部作品以此为题材（普林尼[3]早已谈到蚂蚁的预知和记忆能力）。一九三〇年，梅特林克出版《白蚁的生活》。他的那部最负盛名的作品《蜜蜂的生活》充满想象却又极其周密地探讨了一种曾被维吉尔和莎士比亚大颂特颂的昆虫的习性。

梅特林克一八六七年[4]生于根特，一九四九年在尼斯去世。一九一一年获诺贝尔文学奖。

1　Max Nordau（1849—1923），犹太医生、作家，著有游记、诗歌和论文等。

2　James Hinton（1822—1875），英国哲学家、医生。

3　指老普林尼（Pline，23—79），古罗马作家，编有三十七卷的《自然史》。

4　原文如此。梅特林克生于一八六二年。

迪诺·布扎蒂
《鞑靼人的荒漠》

我们可以了解古代作家、经典作家，也可以了解十九世纪和即将逝去的这个世纪初叶的作家，但要了解当代作家却远非易事。当代作家数量太大，时间又未及筛选出他们的文集，但有些名字无论如何不会被后世所遗忘。迪诺·布扎蒂绝对是这些名字之一。

布扎蒂一九〇六年生于离威尼托和意奥边境不远的古城贝卢诺，曾任记者，后致力于神秘文学的创作。处女作《群山中的巴尔纳博》写于一九三三年，最后一部作品《巴尔·莫雷尔的奇迹》完成于作家去世的一九七二年。他的那些经常带有隐喻的大量作品散发出痛苦和魔力。他公开承认受爱伦·坡及哥特小说的影响，也有人认为他是受了卡夫卡的影响，要说他同时受两位大师的影响也未尝不可（这样说丝毫没有贬低布氏的意思）。

《鞑靼人的荒漠》也许是布扎蒂最优秀的作品（巴莱里奥·苏尔里尼以此为素材拍摄了一部极美的电影），小说采用的是那种无止境的甚至是无限的延缓手法——爱利亚学派及卡夫卡最喜爱的手法。卡夫卡的小说刻意制造灰色、平庸的气氛，烘托出一股官僚气息和烦闷的味道，《鞑靼人的荒漠》却非如此。小说也写了一个"前夜"，但那是一场可怕而又必定会到来的大搏斗的前夜。迪诺·布扎蒂的这部作品把小说带回到它的源头——史诗。荒漠既是真实的存在又具象征意义。它空无一人，英雄正等着人群出现。

易卜生
《培尔·金特》《海达·加布勒》

易卜生众多信徒中最杰出的一位——萧伯纳——在其《易卜生主义的精髓》中说，要求一个作者解释其作品的意义是荒谬的，因为这种解释可能正是作品所要寻找的。寓言的创造总是先于对其寓意的理解，就易卜生而言，其创作的故事就比故事的命意更重要。可当易氏的作品上演时，情况就大不相同了。多亏了易卜生，一个女人有权过自己的生活这样一个论点现已成为常人见识。在一八七九年，那可真是骇人听闻。《玩偶之家》在伦敦上演时，多了一个结尾：懊悔的娜拉返回家中，回归家庭。在巴黎，为使观众明白情节，剧中增添了一个情人。

本书挑选的两部剧作则熔想象、幻想和现实于一炉。

第一部剧作——《培尔·金特》，我认为是作者最优秀的作品，也是文学经典之一。除所激发的信念之外，作品中的一切，全都属于幻想世界。培尔·金特是个最不负责任同时又是最可爱的无赖。那是个陷入自身妄想中的角色。他穷途潦倒，受人耻笑，渴望着获得"自己的皇帝"这一崇高称号；在开罗的一家疯人院里，跪在尘埃中的主人公接受了几个疯子对他施行的加冕礼。此作既像噩梦又像童话。我们惊骇而又愉悦地接受了书中那些难以置信的奇妙事件和变化不定的地域——有人推测那动人的结尾发生在主人公死后的另一个世界里。

《海达·加布勒》（一八九〇年）的写作技巧使人产生如下印象：整部悲剧十分机械，那是为激起这样或那样的激情而写，并非只为刻画一个形象。海达·加布勒确实是个费解的人物，有人把她当做一个歇斯底里的女人，有人称其鄙俗，更有人视其为一只小猛禽。我则认为，这个人物之所以不好捉摸，是因为她原是个真实人物，这就像每个人在别人眼中甚至在自己的眼中都是个谜那样，或者就像易卜生无法理解易卜生那样。顺便提一句，加布勒将军留给女儿的手枪，也像剧中的人物那样，充当了情节发展的工具。

易卜生作品的经常性的主题是现实与浪漫主义幻想的矛盾。他的辩护士萧伯纳和那个诋毁他的诺尔道都把他和塞万提斯相提并论。

易卜生既属于今天，也属于明天，没有他的巨大影响，其后的戏剧便不可想象。

若泽·马里亚·埃萨·德·克罗兹
《满大人》

　　十九世纪末，格鲁萨克便一针见血地指出，在南美出名仍可能是个无名之辈。在当时，这个说法同样适用于葡萄牙。若泽·马里亚·埃萨·德·克罗兹（一八四五～一九〇〇）在其祖国（一个不大但很不寻常的国度）名声很大，但直至去世，在欧洲其他国家几乎可说默默无闻。姗姗来迟的国际评论现在把他誉为那个时代最优秀的散文家和小说家之一。

　　埃萨·德·克罗兹是个破落贵族（这种身份不免凄凉）。他曾在科英布拉大学攻读法律，毕业后在一个小地方谋了份小差事。一八六九年，陪友人雷森德伯爵出席了苏伊士运河的落成典礼。然后从埃及转道巴勒斯坦，记述这些旅行的不朽文字，后人百读不厌。三年后，他开始其领事生涯，先后在哈瓦那、纽卡斯尔、布里斯托尔、中国、巴黎等地生活。他对法国文学的喜爱始终不渝，他信奉高蹈美学，所创作的多部小说均遵循福楼拜的信条。在《巴济里奥表兄》（一八七八年）中能找到《包法利夫人》的影子，但埃米尔·左拉认为，埃萨·德·克罗兹的这部小说胜过其模本，还在这一论断之后补充了这样一句话："说这话的是福楼拜的一个弟子。"

埃萨发表的每行文字都经过仔细琢磨和推敲，其浩繁作品的每个场景都设计得十分逼真。作者自认为是个现实主义作家，但他的现实主义不排斥幻想、讥诮、苦涩和悲悯。埃萨·德·克罗兹也像对他时而嘲讽却又深爱着的祖国葡萄牙那样，发现并揭示了东方。《满大人》（一八八〇年）的故事令人难以置信。故事中的一个人物是个魔鬼，另一个人物身处里斯本的一个肮脏的客栈却神奇地杀死了一个正在黄色帝国中央的一个平台上放风筝的满大人，读者的意识却能愉悦地接受这种绝无可能的杜撰。

十九世纪的最后一年，两位天才在巴黎谢世。那就是埃萨·德·克罗兹和奥斯卡·王尔德，就我所知，两人素未谋面，倘若两人得以相识，必定情意相投。

莱奥波尔多·卢贡内斯
《耶稣会帝国》

阿隆索·吉哈诺生活中最重要的事情可能就是读了那些诱使他作出要当堂吉诃德这一奇特决定的书。同样，对于卢贡内斯来说，发现一本书也像走近大海或走近一个女人那样真切。他所著的每部书后面都有一个大师的影子。在那部书名如诗的《花园的黄昏》中有阿尔贝·萨曼[1]的影子，《奇异的力量》受爱伦·坡的影响，而在《感伤的月历》一书中，不难找到于勒·拉弗格的影子。然而，又只有卢贡内斯才写得出这几部来源各不相同的著作来。把象征主义的旋律植入难以驾驭的西班牙语中绝非易事。荷马、但丁、雨果和惠特曼都曾是他的典范。

他与"鲁文·达里奥及其同伙"(卢贡内斯语)一起，投身于西班牙文学最大的冒险行动——现代主义。这个伟大运动革新了题材、语汇、情感和韵律。在大洋这边兴起的现代主义传到西班牙，启迪了一些或许更加伟大的诗人，如胡安·拉蒙·希梅内斯和马查多兄弟。

兼有信念和基本情感的卢贡内斯锻造出一种复杂的风格，洛佩斯·贝拉尔德[2]和马丁内斯·埃斯特拉达均受益匪浅。这种华丽风格常与题材不符。在一九一五年问世的那部激起了对马丁·菲耶罗崇拜的《民间歌手》中，文人们称之为"潘帕斯"的那片大草原和那些复杂的长句极不相称；《耶稣会帝国》则不然。一九〇三年，阿根廷政府委托他撰写这份报告，卢贡内斯在昔日耶稣会实验其奇特的神权共产主义的地区度过了一年的时间。本书繁冗的文体与作者展现的那个地区的特点有一种自然的契合。

把卢贡内斯的这篇"历史文献"与格鲁萨克撰写的那篇

1　Albert Samain（1858—1900），法国诗人，著有《在公主的花园里》。
2　López Velarde（1888—1921），墨西哥诗人，拉美现代主义代表诗人之一。

有关何塞·格瓦拉神甫[1]及其所著《巴拉圭历史》的类似文章作一个比较，是件很有趣的事情。卢贡内斯记下了充斥于耶稣会教士文章中的神奇传说，格鲁萨克则在其著作中不经意地提起这些神奇故事的起源很可能是颂扬圣徒的某道圣谕，那道圣谕的原话是："没有奇迹的美德是不够的。"

　　卢贡内斯一八七四年诞生于内陆省份科尔多瓦，一九三八年在蒂格雷岛[2]自杀身亡。

1　José Guevara（1719—1806），侨居阿根廷的西班牙历史学家、神甫。
2　布宜诺斯艾利斯西北郊区湖中一岛。

安德烈·纪德
《伪币制造者》

  对那么多事情表示怀疑的安德烈·纪德似乎从未怀疑过那必不可少的幻象——自由意志。他相信人可以支配其行为并毕生致力于对伦理的审察、革新，所用的心思绝不亚于对文学的实践和执著。纪德生于第二帝国时期的巴黎（一八六九年），接受的是新教教育，最早捧读的书是《福音书》。腼腆而寡言少语的他，曾一度出入马拉美的星期二聚会，并得以结识卢维、瓦莱里、克洛岱尔、王尔德等人，在其处女作《安德烈·瓦尔特的记事本》（一八九一年）中使用了象征派的华丽语言。这是一个时代而非一个作者的作品。此后，他始终没有背离"明朗"这一优良传统。他在阿尔及利亚生活的一段时间使他发生根本性的转变，回国后他出版了《地粮》（一八九七年），作品歌颂肉欲而非肉欲的充分满足。在以后的许多无法一一列举的作品中，他更主张挣脱一切道德准则，宣扬感官的享受、意义多变的"不受约束"以及随心所欲、无理性的任意行为，被人指责用这些理论唆使青年堕落。

他酷爱英国文学，声称在济慈和雨果之间更喜爱前者。我们可以理解为济慈倾吐衷曲的声音比雨果面对大众的预言家般的音调更投其所好。他是一九〇九年间问世的第一份文学期刊《新法兰西评论》的三个创办人之一。

安德烈·马尔罗曾说，纪德是我们同代人中最重要的人物。纪德也像歌德那样，并不只存在于一本书中，而是存在于所有著作的总和及相互对照之中。

他最有名的小说便是《伪币制造者》，那是一部令人称奇的作品，书中有对小说这一体裁的分析。他在《日记》中谈到了自己的各个创作阶段。一九四七年，即他去世前一年，他以全票通过获诺贝尔文学奖。[1]

1　原文如此。纪德于 1951 年 2 月去世，得诺贝尔奖应在他去世前四年。

赫伯特·乔治·威尔斯
《时间机器》《隐身人》

　　与贝克福德或爱伦·坡的作品不同的是，本书结集的故事有意回避神奇风格。那是十九世纪末、二十世纪初幻想的产物。威尔斯意识到那个时代（即我们的时代）不相信巫术和法宝、雕琢和装腔作势。那时人们的想象已经像现在这样可以接受奇异的事物，只要这种奇事是以科学而非超自然为依据。威尔斯的每篇故事中都只有一桩奇事，围绕这奇事的种种情景都很平常、普通，而且描写得细致入微。就以《隐身人》（一八九七年）来说，希腊人让盖吉兹隐身所用的工具是铜马身上的一个铜环；为了使故事更加真实可信，作者选择了一个白化病患者，此人用一种特别的液体沐浴，还不能穿衣服、靴子，因为衣服和鞋无法像人那样隐没。在威尔斯的作品中，忧郁和情节同样重要。他的隐身人是我们所体验的孤独的一种长远的象征。威尔斯认为，凡尔纳的创作完全带有预言性，他本人创作的故事则是不可能实现的。两人都认为人类永远不可能登上月球，令人震惊的是，这一伟业已在本世纪实现。

威尔斯的作品总是十分谦和，谦和中又时而带有讽刺意味，这实在令人折服，而他的天才同样让人赞叹。

威尔斯于一八六六年出生于伦敦附近。他家境清贫，备尝不幸与困苦。他拥护共和制，信奉社会主义。在他生命的最后几年里，从幻想小说的创作转向长篇巨著的撰写，他的呕心沥血之作可以帮助人们成为世界公民。一九二二年，他出版了一部世界史[1]。最好的威尔斯传是出自他自己之手的《自传实验》（上下两卷）（一九三四年）。威尔斯于一九四六年去世。威尔斯的小说是我最早阅读的一本书，或许也将是我最后要读的一本书。

1　即《世界史纲》。

罗伯特·格雷夫斯
《希腊神话》

　　罗伯特·格雷夫斯是本世纪最有个性的作家之一，他既是了不起的诗人、诗学专家、敏感博学的人文学家，又是杰出的小说家、故事作家、神话学家。他诞生于一八九五年的伦敦，先辈中有德国历史学家利奥波德·冯·兰克[1]，格雷夫斯也许继承了这位先辈的广泛的兴趣。幼年时，他在伦敦郊外的一座公园接受了斯温伯恩的祝福（斯氏接受过兰多[2]的祝福，而后者则亲受塞缪尔·约翰逊的祝福）。一战时，他曾在著名的皇家威尔士步兵团作战。写于一九二九年的《向那一切告别》反映了作者这一阶段的命运。他是最早宣告杰勒德·曼利·霍普金斯[3]作品非凡价值的评论家之一，但他自己却从不模仿霍普金斯的韵律和那种押头韵的诗句。他从不追求时髦，宣称诗人写诗就应像一个诗人而不应像一个时期。他相信艺术创造者的神圣性——对他来说，所有的艺术家是同一个人——一个永恒的人。他不相信文学流派及其宣言，在《平常的阿福花》（一九四九年）中，他否定了维吉尔、斯温伯恩、吉卜林、艾略特以及埃兹拉·庞德（否定庞德更是理所当然）。他的主要作品《白色女神》（一九四六年）似乎是想成为诗歌语言的第一部语法，实际上却是为他所发掘或创造的一则美丽神话，神话中的那个白色女神是月亮，对格雷夫斯来说，整个西方诗歌无非就是那个被他重新发现的复杂的月亮神话的众多分叉和变异。他希望诗歌回到其神奇的源头。

　　就在我口授这篇序言时，罗伯特·格雷夫斯的生命之火正在马略卡渐渐熄灭；在亲人们的围绕中，他即将挣脱那具终有一死的似乎已被他遗忘的躯体，陷入一种几近恍惚的平

1　Leopold von Ranke（1795—1886），德国历史学家，兰克学派的创始人。

2　Walter Savage Landor（1775—1864），英国诗人、散文家、辞书编纂家。

3　Gerard Manley Hopkins（1844—1889），英国诗人。

静的迷离状态之中。

　　包括格里马尔在内的几乎所有古希腊语言文化学者，都把其采集的神话仅仅视作博物馆的陈列品或奇特、古老的寓言；格雷夫斯则按时间顺序对神话进行研究并在其多变的形式中寻找未被基督教勾销的鲜活真理的演变过程。本书不是一部辞典，而是一部包罗几个世纪的富于想象、自成一体的书。

陀思妥耶夫斯基
《群魔》

发现陀思妥耶夫斯基就像发现爱情、发现大海那样，是我们生活中一个值得纪念的日子。这常常发生在青少年时期，成年后的我们总是寻找并发现平和的作家。一九一五年在日内瓦时，我贪婪地捧读出自康斯坦斯·加尼特[1]之手的极为通畅的《罪与罚》的英译本。当时我觉得这部以一个杀人犯和一个妓女为主人公的小说与包围着我们的那场战争同样可怕。我找来了一部陀思妥耶夫斯基传。陀氏生于一八二一年，卒于一八八一年，其父是军医，后被人暗杀。陀思妥耶夫斯基曾备尝贫穷、疾病、牢狱、流放的滋味，他笔耕不辍，四处旅行，也迷恋过赌博，暮年成名，最崇拜的作家是巴尔扎克，他曾因卷入一场所谓的密谋而被判处死刑。临上绞刑架时又获改判（他的几名同伴这时已被绞死），后在西伯利亚服了四年终生难忘的苦役。

他研究并阐发傅立叶、欧文和圣西门的乌托邦理想；是个社会主义者和泛斯拉夫主义者。我原先把陀思妥耶夫斯基想象成某种能够理解并为所有人开脱的深不可测的伟大的神，这时才惊异地发现他有时也会落入一味谴责的偏激的纯政治中去。

读陀思妥耶夫斯基的一本书就像走进一座从未到过的城市或置身于一场搏斗的阴影之中。《罪与罚》向我揭示了一个完全陌生的世界和一些别的事情。读《群魔》时则有某种非常奇特的感觉，我感到自己好像回到了祖国。书中描写的大草原就是对阿根廷大草原的礼赞。小说中的人物，如瓦尔瓦拉·彼得罗芙娜、斯捷潘·特拉菲莫维奇·韦尔霍文斯基等，虽然名字有些别扭，却与没有责任感的老阿根廷人无异。小说以欢快的笔调开头，叙述者好像不知道悲惨的结局似的。

---

1 Constance Garnett（1861—1946），英国翻译家，小说家戴维·加尼特的母亲，一生译俄罗斯文学作品约七十卷。

弗拉基米尔·纳博科夫在为一部俄国文学选集所写的引言中宣称，他未找到值得收进文选的陀思妥耶夫斯基所写的任何一页文字。这就是说，不应以陀氏的任何一页文字而应以组成整部作品的所有文字来衡量他。

爱德华·卡斯纳、詹姆斯·纽曼合著
《数学与想象》

　　一个被判终身监禁的永生的人，完全可以在其牢房中想象一切代数和一切几何（从数手指头开始到想象排列组合的奇特理论）以及其他许多事情。这位思考者的一个可能的榜样是帕斯卡，帕斯卡十二岁时就已发现了三十来条欧几里得命题。数学不是一门以经验为根据的科学。我们凭直觉知道三加四等于七而不需要用锤子、棋子或纸牌来做试验。贺拉斯为显示不可能的事情而谈到黑天鹅，就在他推敲他的诗句时，一群群颜色阴暗的天鹅正在澳大利亚的河流中游来游去。贺拉斯无法料到它们的存在，不过，他要是知晓有这样的天鹅，一定立即知道三只那样的黑家伙加上四只会得出七这个数字。罗素曾说无边的数学是一种无边的同义反复，说"三加四"就是换一种方法来说"七"。不管怎么说，想象和数字并不对抗，而是像锁和钥匙那样互相依存。数字也像音乐那样可以没有宇宙，但它了解宇宙的范围，探察宇宙隐秘的规律。

无论多短的线都由无数个点组成，无论多窄的面都由无数条线组成，无论多小的体积都由无数个面组成。四维几何研究了超体积的性质。超球体由无数个球体组成，超立方体由无数个立方体组成。不知道它们是否存在，但可以知道它们的规律。

阅读本书要比读这篇前言有趣得多。我请读者翻阅此书，看看那些奇怪的插图。这些图形充满奇趣，比如第八章的拓扑"岛"，又如谁都可以用一张纸和一把剪刀做出的麦比乌斯带[1]，那是个单侧的难以置信的面。

---

1 把一条长方形纸带的一个短边扭转180°后再和对边接起来，就得到麦比乌斯带的一个模型，它是一个单侧曲面。

尤金 · 奥尼尔
《伟大之神布朗》《奇妙的插曲》《哀悼》

两种不同的命运或是说两种表面上看来不同的命运汇集在生于一八八八年卒于一九五三年的奥尼尔身上。

冒险家和水手便是其命运之一。在从事戏剧创作这一给了他许多幸福和某些折磨的文学活动之前，他也当过演员。他曾像塞缪尔·克莱门斯（即马克·吐温）在加利福尼亚所做的那样在洪都拉斯淘金。命运与偶然（二者本为同义词）又把他带到布宜诺斯艾利斯——他曾在作品中深情地回忆起"哥伦布大道和巡警"以及水手们寻欢作乐、纵酒欢闹的"低地"。他还到过南非和英国。一九二三年至一九二七年，他和罗伯特·埃德蒙·琼斯[1]一起领导位于曼哈顿下城的格林尼治剧院。

对我们来说，重要的不是他生活中的种种不如意而是他利用困境和那永不枯竭的想象力所成就的事业。他是个最出人意料的作家，像斯特林堡那样，从自然主义转向象征和幻想。他懂得人所获得的用来进行更新或创造的最好工具是传统（不是指一成不变而是指有许多分叉的丰富了的传统）。他用现代语言重复着已被索福克勒斯写成悲剧的古老的希腊寓言，只不过对人名稍作改动而已。他把柯尔律治的《古舟子咏》搬上舞台。在《奇妙的插曲》（一九二八年）中，首先听到的是剧中人物用一种略微不同的声音说出的话，也就是他们心中默想的话。他始终对面具感兴趣，对面具的使用远远超出希腊人和能剧[2]的想象。在《伟大之神布朗》（一九二六年）中，剧中主人公（一个殷实的美国商人）的遗孀热爱、亲吻丈夫用过的面具而把亡夫丢到脑后。在《哀悼》（一九三一年）中，演员的脸和曼农家那幢大房子的正面都像面具般僵硬。这些象征本身的分量超过了寓意。

1　Robert Edmond Jones（1887—1954），美国戏剧家、电影设计师。
2　日本传统戏剧形式之一，表演者往往戴面具在特设的舞台上演出。

萧伯纳曾写下这样的话:"奥尼尔身上除去革新再没有新的东西。"机敏的碑文不必那么准确。尤金·奥尼尔已经革新并仍在革新着世界戏剧。

在原业平
《伊势物语》

　　除其他许多特点之外，日本也像法国一样，是一个文学之国——一个普通百姓均爱吟诗作文的国家。写于公元十世纪的《伊势物语》便是一个佐证。这是日本散文最古老的标本之一，其主体是和歌。日本的历史极具史诗性，但与其他民族不同的是，该国最早的诗中并无刀光剑影。从一开始，永恒的主题便是大自然四季不同、日日变异的色彩，爱情的幸福与不幸。本书包括大约二百首短诗和有关这些诗作的真真假假的说明。《物语》的主人公是在原业平公子——书中有时就以这个名字出现。加藤在其所著的《日本文学史》（一九七九年）中，把他与唐璜相比较。不过《物语》中虽有不少艳情描写，这种比较却站不住脚。唐璜是一个勾引无数女人、胆大妄为地去触犯律法（他明知那是神圣的律法）的放荡的天主教徒；在原业平却是生活在一个未受道教和佛陀八正道[1]熏染的不信神的蒙昧世界中的享乐主义者。日本的这些处于善恶的此岸和彼岸的古典作品尚不识道德与不道德。

照上面提到的那位加藤博士的说法，本书预示了著名的《源氏物语》[2]。

伊势居民就像克里特岛[3]人那样有说谎的名声。这本书的书名似乎就已暗示书中的故事纯属虚构。那位无名氏作者极有可能创作了书中的许多和歌，然后杜撰出注释这些诗歌的动人情节。

1　即中道，佛陀首次说法时宣布的教义。

2　日本女官紫式部所著，成书于 11 世纪初。

3　希腊最大岛屿。传说岛上的居民爱说谎，著名的悖论"每一个克里特岛人都说谎"即源于此。

赫尔曼·梅尔维尔
《班尼托·西兰诺》《比利·巴德》
《代笔者巴特贝》

　　有些作家的作品不像我们所了解的他们的命运，赫尔曼·梅尔维尔就是一个例子。他命运多蹇，忍受过孤独的煎熬，这些经历后来成了他那些寓意作品中所用象征的原材料。梅尔维尔一八一九年生于纽约，是一个恪遵加尔文教派传统的大家族之后，不过其时家道已经败落。梅尔维尔十三岁丧父，十九岁即开始其第一次远航，在船上当水手，到达利物浦。一八四一年，加入一条捕鲸船。该船从楠塔基特[1]起航。船长对手下十分严厉，梅尔维尔在太平洋的一个岛上开了小差。岛上居民是食人生番。他们接纳了他。他在岛上度过一百个昼夜，后被一条澳大利亚船搭救。他在那条船上率众哗变。一八四五年前后，回到纽约。

他的第一部作品——《泰皮》——写于一八四六年。一八五一年，《白鲸》问世。小说几乎没引起注意，一九二〇年前后，才为批评界所发现，现在早已广为流传：白鲸和埃哈伯在人的记忆这个驳杂的神话体系中占了一席之地。小说充满玄妙奇巧的句子："跪着的讲道士祈祷得如此虔诚，就像是一个在海底跪着并祈祷的人。"关于白色可能是一种可怕颜色的观念在爱伦·坡的作品中就已出现。此外，这部作品也受到卡莱尔和莎士比亚的影响。

梅尔维尔和柯尔律治一样习惯于绝望。《白鲸》其实就是一个噩梦。

可能是对《圣经》的热爱诱使他作了一生中最后一次旅行。一八五五年，他遍游埃及和巴勒斯坦。

纳撒尼尔·霍桑是他的朋友。一八九一年，几乎被世人遗忘的梅尔维尔在纽约去世。

1　大西洋岛屿，在美国马萨诸塞州科德角以南。

一八五六年写成的《巴特贝》预示了弗兰茨·卡夫卡的作品。那位令人惊愕的主人公是个顽固拒绝行动的庸人。作者没有对他作出解释，但我们的想象立即接受了这个人物并为之惋惜。实际上，小说有两个主人公：固执的巴特贝和那个对他的顽固无可奈何、最终喜欢上他的叙述者。

《比利·巴德》可归结为描写正义与法律冲突的故事，但这一总括远没有主人公的特点来得重要，他杀了人，却始终不明白自己为什么会受到审判并被定罪。

围绕《班尼托·西兰诺》的争论仍在继续。有人认为那是梅尔维尔的经典之作，也是文学的经典之一；有人认为那是一个错误或一系列的错误；还有人提出梅尔维尔是有意识地要写一篇无法理解的作品，把它当做这个同样无法理解的世界的不折不扣的象征。

乔万尼·帕皮尼
《日常悲剧》《盲驾驶员》《话与血》

如果本世纪有哪一个人可与埃及的普罗透斯[1]相比，这个人就是乔万尼·帕皮尼（有时使用笔名吉安·法尔科）。他既是文学史家，又是诗人；既是实用主义者，又是浪漫主义者；先是无神论者，后又变成神学家。我们不知道他的真面目，因为他有许多面具。用面具这个词或许有失公允。在其漫长的一生中，帕皮尼很可能是真诚地信奉各种互相对立的理论（我们不妨回想一下卢贡内斯的类似的命运）。有些文体不允许作者小声说话。帕皮尼在辩论中常常激昂慷慨。他拒绝接受《十日谈》和《哈姆雷特》。

帕皮尼一八八一年生于佛罗伦萨。他的几位传记作者说他出身微贱，但生在佛罗伦萨就是继承了一个延续几百年的了不起的传统，这远比那些不一定可信的家谱来得重要。他是个从书中找乐趣的读者，读书是为感觉快意，而不是为了对付考试。最先吸引他注意的是哲学，帕皮尼翻译并评注了柏格森、叔本华和贝克莱的著作。叔本华谈到生活的梦幻本质，贝克莱认为世界史是上帝的一个长长的梦，上帝无限制地创造并感知这部历史。对帕皮尼来说，这些观念并不抽象。正是根据这些观念，他创作了本书的几个故事。成书时间为本世纪初。

　　一九一二年，他出版了《众神的黄昏》，那是尼采所著《偶像的黄昏》的变奏，而后者又是《前埃达》第一章《众神的黄昏》的变奏。他从理想主义转向一种被他认定是心理上的、神奇的实用主义，而不完全是威廉·詹姆斯的那种实用主义。几年之后，他或许正是祭起了这个法宝来为法西斯主义辩护。他的那部忧郁的自传《一个没有希望的人》于一九一三年问世。帕皮尼最出名的著作——《基督传》、《歌

1　海神，能随心所欲改变自己的面貌。

革[1]》、《但丁还活着》和《魔鬼》——好像是为了成为经典而写，当然，经典这种东西不是作者刻意去写就能写得出来的。

一九二一年，他皈依天主教，一时成为新闻。一九五六年，帕皮尼在佛罗伦萨去世。

我十来岁时读了《日常悲剧》和《盲驾驶员》的糟糕的西班牙语译本。后来读的东西很快把这两部作品从记忆中抹去。没想到，这是一种最精明的做法——遗忘完全可以是记忆的一种深沉的形式。一九六九年前后，我在剑桥写了《另一个》。现在我不无惊奇同时又满怀感激地发现，我的那个故事重复了本书包括的"一个池子里有两个映像"这个情节。

---

1 《圣经·旧约》中由撒旦统治的敌对势力。

阿瑟·梅琴
《三个骗子》

　　进入近代之初（是一个荷兰历史学家首先使用了"近代"这个不明确的名称），整个欧洲流传着一本书的书名，即《骗子部落》。书的主人公是摩西、耶稣基督和穆罕默德。惊恐万状的当局很想发现并销毁此书，却始终没有找到，原因很简单——那本书根本不存在。这部假想的书产生了很大影响，其效用就在这个书名以及所牵扯的事情，而不是那些本不存在的文字。

　　本书也像那部引起轩然大波的假想书，书名就叫《三个骗子》。梅琴的这部作品是受了斯蒂文森的影响，他用一种无愧于其师的像是流动的风格来写（梅琴公开承认斯氏为其老师）。故事发生在那个什么奇事或可怕的事都可能发生的伦敦。首次写到伦敦的是《新天方夜谭》，后来，切斯特顿又在布朗神甫的故事中加以描绘。知道这几篇有关那三个人物的故事是瞎话并不能减弱故事传递的令人怡悦的恐怖。再说，所有的虚构都是瞎编，重要的是要能感受到那些虚构来自真诚的幻想。在梅琴的其他作品中，比如《灵魂之家》、《闪光的金字塔》和《近和远的事物》，我们感到作者并不完全相信他自己的叙述；其后的作品，如那部忧郁的《多梦的山丘》则不然。这几部作品几乎都像某些作品以及《堂吉诃德》那样，梦里套梦，组成了一套镜子。梅琴有时也会写妖魔，用肉体堕落的形式来表现精神的堕落。梅琴杜撰出有关蒙斯的天使的故事——这些天使在第一次世界大战的某个紧要关头拯救了英国军队。这一传说现在成了民间神话的一部分，在那些对他一无所知的普通百姓的口中流传。梅琴若得知其作品比其名字流传更广，一定十分欣慰。

他翻译了威尼斯人卡萨诺瓦[1]的《我的一生》的法文本，

1　Giacomo Casanova（1725—1798），意大利教士、作家、士兵、间谍和外交官，以意大利冒险家和“浪荡公子”而为世人所知。

十二卷的回忆录不见得都那么可信，也不见得都那么放荡。

阿瑟·梅琴（一八六三～一九四七）出生在威尔士山地，亚瑟王传说的题材就取自该地，那些题材使该地区充满梦幻的气息。

各国文学中总会有些几乎不为人所知的短小的经典之作，《三个骗子》就是其中之一。

路易斯·德·莱昂修士
《雅歌》《〈约伯记〉释义》*

　　《圣经》的书名在希腊文中为复数名词，意思就是书集。这部书确实是希伯来文学的经集。这些经书并无严格的时间顺序，据说全部都是圣灵（希伯来文中为 Ruach）的杰作，包括宇宙志、史、诗、寓言故事、沉思录和愤怒的预言。作者分属不同时期、不同地区。虔诚的读者认为这些作者无非是圣灵的抄录员，圣灵规定了每个词甚至每个字母（至少喀巴拉哲学家们这样认为）以及字数的含义、词与词之间可能或注定的搭配。这些文字中最奇特的一卷便是《约伯记》。

　　弗劳德[1]一八五三年即预言，到了一定的时候，《约伯记》会被认为是所有创作中最了不起的一部作品。书的主题——也是永恒的主题——是正义的人可能遭受各种不幸这一事实。落难的约伯哀叹，诅咒，他的几位友人则在一旁规劝。读者期待推论，但那是希腊人的特点，不是闪米特人的想法，我们读到的只是一些美妙的比喻。辩论异常激烈。在全书的最后几章里，上帝的声音从旋风中响起，上帝同时谴责怪罪他和维护他的人，称自己是无法理解的，并以一种间接的方式把自己与其创造的最奇怪的动物相比，如巨兽（Behemoth——同《圣经》的书名一样，也是个复数名词）、鲸或利维坦。马克斯·布罗德在其所著《犹太教和基督教》一书中，曾分析过这一部分。世界似乎被一个谜所支配。

《约伯记》成书年代不详，威尔斯称该书是希伯来人对柏拉图对话所作的极妙回答。

本书收进了路易斯·德·莱昂修士直译的《约伯记》及其对该书的逐段解释，另外也收进一个古意大利式十一音节

---

* Luis de Léon（1527—1591），西班牙诗人，圣奥古斯丁教派修士，因诠释、翻译《雅歌》，遭宗教裁判所审判。《雅歌》为《圣经·旧约》的一卷，卷首第一句称系所罗门王的作品（公元前 10 世纪），属犹太教正典第三类圣录部分。《约伯记》为《圣经·旧约》的一卷，写成于公元前 6 世纪至前 5 世纪，著者不详。

1 James Anthony Froude（1818—1894），英国作家、历史学家。

韵律诗的译本。路易斯修士的散文一般都很平和，堪称楷模；译此书时，希伯来文的原文迫使他把译文变成强烈的音乐。听到号角声时，他说："哎呀！搏斗的声音从远处飘来，还有指挥官的喊叫和士兵们轰隆隆的嘈杂声。"

本集也收进了《雅歌》。路易斯修士给了它一个田园诗的定义和一种寓意。丈夫好比后世的基督，妻子则好比教会。世俗的爱成了神爱的一种象征。值得一提的是，卡斯蒂利亚语最富激情的作品——圣十字若望的作品——即源于此书。

约瑟夫·康拉德
《黑暗的心》《走投无路》

那部描写神权、绝顶的智慧同时又很奇怪地描写初恋的作品中，但丁的地狱（所有文学中最有名的地狱），是一个倒金字塔形的监狱，里面满是意大利的幽灵和令人难忘的十一音节诗。比那个地狱可怕万分的是《黑暗的心》所描绘的那条非洲的河流，马洛船长沿那条河航行，河两岸均是废墟与森林。那很可能是他要寻找的那个可憎的库尔茨的延伸。一八八九年，西奥多·约瑟夫·康拉德·科尔泽尼奥夫斯基沿刚果河航行至斯坦利瀑布；一九〇二年，用如今已非常响亮的约瑟夫·康拉德这个名字在伦敦出版《黑暗的心》，这或许是人所能想象的最动人心魄的故事。这是本书的第一篇故事。

第二篇故事——《走投无路》——同样悲惨。构成小说关键的那件事我们这里不作介绍，读者自会渐渐明白，小说的最初几页已有迹象。

从不滥用赞语的门肯[1]称这篇小说是包括长短篇小说、古今小说在内的英国文学中最精彩的小说之一，还将该书的两篇故事与巴赫的乐曲相提并论。

威尔斯凿凿有据地说康拉德英语口语不佳。但康氏的书面语——这才是最要紧的——却美不胜收、精致娴熟。

康拉德是一个波兰革命者的儿子。他于一八五七年出生在乌克兰流放地，一九二四年在英国肯特郡去世。

1　Henry Louis Mencken（1880—1956），美国评论家、新闻记者。

奥斯卡·王尔德
《散文、对话集》

斯蒂文森注意到，有一种美德最为重要（没有了她，其他一切美德便全无用处），这种美德便是魅力。千年文学产生了远比王尔德复杂或更有想象力的作者，但没有一人比他更有魅力。无论是随意交谈还是和朋友相处，无论是在幸福的年月还是身处逆境，王尔德都同样富有魅力。他留下的一行行文字至今深深地吸引着我们。

比起同类的其他作家来，奥斯卡·王尔德更具"游戏性"。他玩戏剧，那部名为《叫欧内斯特的重要性》（阿方索·雷耶斯称之为《认真的重要》[1]）是世上唯一的一部带香槟酒味儿的喜剧；他玩诗歌，那篇不带悲腔儿的"斯芬克司"

纯净而娴熟；他玩起散文和对话来也是功夫独到；他玩小说，《道连·格雷的画像》是《化身博士》主题的华丽的变奏。他更悲惨地玩弄自己的命运：明知会败诉偏要打官司，最终被判监禁，蒙受耻辱。他在自愿流放时对纪德说，他是要了解"花园的另一边"。

我们永远无法知道乔伊斯的《尤利西斯》会启迪他写出什么样的讽刺诗文。

奥斯卡·王尔德一八五四年生于都柏林，一九〇〇年死于巴黎阿尔萨斯饭店。他的作品仍然年轻，就像写于今天上午。

1　英文中欧内斯特（Ernest）与"认真"（earnest）谐音。

亨利·米肖
《一个野蛮人在亚洲》

    一九三五年前后，我在布宜诺斯艾利斯初识亨利·米肖。印象中，他是一个面带微笑的平和的人，非常机警，谈吐风趣而有节制，讥嘲的话常脱口而出。他不迷信那个时期尊崇的任何事物，不相信巴黎、文学集会以及当时人人信奉的毕加索，也"一视同仁"地怀疑东方的智慧。所有这些都反映在《一个野蛮人在亚洲》这部书中，我把此书译成西班牙文，不是把它当做责任而是当做游戏。米肖曾在玻利维亚生活过一段时间，他对那个国家极其悲惨的情况的描述常使我们吃惊。那些年月，他还没料到东方将会给他些什么（或者可以说，没料到东方已以某种神秘的方式给了他什么）。他欣赏克利和乔治·德·希里科[1]的作品。

　　在漫长的一生中，他从事两种艺术：绘画与文学。他的最后几部作品把这两种艺术结合在一起。他受中国和日本关于诗中的字不仅是为了听、也是为了看这一观念的启发，作了种种奇特的实验。他像阿道司·赫胥黎那样探究迷幻药的作用，并且深入梦魇的领域，这为他日后的绘画、文学作品提供了素材。一九四一年，安德烈·纪德出版了一本小书，书名为《重新发现亨利·米肖》。

　　大约在一九八二年，他到我在巴黎的寓所找我，我们随便聊了一会儿，他显得很疲惫。我预感到那将是我们最后的一次谈话。

　　米肖生于一八九九年，一九八四年去世。

1　Giorgio de Chirico（1888—1978），意大利画家，"形而上画派"创始人之一。

赫尔曼·黑塞
《玻璃球游戏》

　　一九一七年左右，当我开始学德文时，在本兹曼的文选中发现了赫尔曼·黑塞的一首短诗。一个旅客在一个客栈过夜。客栈里有一条水道。旅客第二天离去，心想，他走之后，水还在流，他将在遥远的地方想起它。现在我在布宜诺斯艾利斯想起黑塞的那首短诗。他的书我是后来才读的。

　　赫尔曼·黑塞一八七七年生于符腾堡，其双亲曾在印度布讲虔信派教义。黑塞曾先后在机械厂、书店、古玩店工作，也像其他许多青年那样，重复哈姆雷特的充满疑问的独白，并且差一点自杀。一八九九年，黑塞出版第一部诗集，一九〇四年，发表带有自传性质的故事《彼得·卡门青》。

他曾经历过现实主义、象征主义、表现主义，却不加入其中任何一个流派。其作品中很大一部分是德文中所谓的"成长小说"，中心思想大多是一种性格的形成。黑塞一九一一年去印度，更明确地说是回印度，因为他对那个国家梦魂萦绕。一九一二年，他定居瑞士伯尔尼。一战时，他也像罗曼·罗兰、罗素那样奉行和平主义，曾给被囚禁于瑞士联邦的德国战俘许多实际和道义上的帮助。故事《克林索最后的一个夏天》写于一九一九年。一九二一年，《悉达多》出版。一九二六年《荒原狼》问世。在此之前三年，黑塞已入瑞士籍。一九六二年，他在卢加诺附近的蒙塔尼奥拉村去世。

黑塞所有的作品中，篇幅最大、最宏伟的一部就是《玻璃球游戏》。批评界注意到，作品书名中的游戏其实就是音乐艺术的一个巨大比喻。很显然，作者没有把这个游戏想象得很完美，如果设计得很好，小说读者就会对那游戏而不会对主人公的话语、焦虑和包围他们的大环境产生兴趣。

以诺·阿诺德·本涅特
《活埋》

以诺·阿诺德·本涅特[1]被认为是福楼拜的门徒，但很多时候又被当做狄更斯的继承人——一个更温和、更令人愉快的形象。他留给我们三部如今被视为经典的长篇小说，即《老妇人的故事》、《克莱汉格》和《里西曼的步伐》。三部小说无疑都是扣人心弦的杰作。乔治·桑普森在他那部不知何故未获很多赞誉的《英国文学史》里称其为天才之作，但"天才"这个形容词让人联想起狂热和大起大落，这和本涅特本人及其像玻璃般不易被人觉察的平和风格不符。本涅特以一种宁静的激情投身文学。与其好友威尔斯不同的是，本涅特从不让自己的观点渗入作品中去。

《活埋》写于一九〇八年，小说主人公普里安·法尔是个胆小的人。他给皇家艺术学院一年一度的画展送去了一幅画和一名警卫，第二年又送去了一幅画和一只企鹅。整个故事，连同它所有的光和影，都出自一种胆怯的行为。批评界认为那是阿诺德·本涅特最好的家庭喜剧。这一抽象定义也许不容置疑，却未能道出书中那等待着我们的许许多多的惊喜。

　　阿诺德·本涅特是最早承认威廉·巴特勒·叶芝的人之一，曾说："叶芝是我们这个时代最伟大的诗人之一，因为半打读者都清楚这一点。"

1　Enoch Arnord Bennett（1867—1931），英国小说家、剧作家、批评家和随笔作者。

克劳迪奥·埃利安诺
《动物志》

虽然书名叫做《动物志》，再没有人比这本书的作者离现今所谓的动物学家更远。他毫不理会动物的种类、分科、动物体的构造以及对它们的精细描绘。在跋文中，他以热衷知识自诩，但在公元二世纪，知识这个词既包含存在，也包含围绕这些存在的所有想象和臆造。这部书有许多不相干的内容。这种混乱是故意的。作者为避免单调沉闷而把各种题目交织在一起，试图献给读者一片"盛开鲜花的草原"。他感兴趣的是动物的习惯和那些习惯所代表的道德。

克劳迪奥·埃利安诺代表最优秀的罗马人类型——希腊化的罗马人。他从未离开过意大利，却未用拉丁文写过一行字；他只奉希腊为权威，读者在本书中找不到此类著作似乎必定会提到的普林尼。经过漫长的岁月，这部笔记显得既不负责又十分有趣。克劳迪奥·埃利安诺得到过诡辩家——懂得修辞学并能教授修辞学的人——的正式头衔。有关织成他生平的所有事件我们一无所知，只有他那平静的声音在讲述着梦境。

索斯坦·凡勃伦
《有闲阶级论》

初读此书，我认为那是一部讽刺作品。那已是很久以前的事了，后来我才知道那是一位著名社会学家的第一部著作；而且，只要注意观察一个社会，就会知道它不是乌托邦，对它的公正描写很接近讽刺。在这部写于一八九九年的书中，凡勃伦发现了有闲阶级并对它下了定义。这个阶级的奇怪的责任是炫耀性消费，所以他们只在某个区居住，因为那个区有房价昂贵的名声；李卜曼[1]或毕加索之所以索价很高，不是因为他们贪婪，而是为不使买者失望——买主是想表明他们买得起一幅带有这些大师签名的油画。照凡勃伦的看法，高尔夫球的兴起是因为那种运动需要很大的场地。他还错误地断言，学习拉丁文和希腊文是基于那是两种无用的语言这一事实。要是一个经理没时间挥霍，他的妻子儿女便会替他去做——时装的周期性变化正是为他们提供标识。

凡勃伦是在美国构思并写下此作的。在我们这里，有闲阶级现象更严重。除赤贫者外，所有的阿根廷人都装得像是那个阶级的人。小时候，我就认识这样的人家：整个炎热的夏天躲在家中不敢出门，让人以为他们在某个假想的庄园或蒙得维的亚城度假。一位太太向我透露，她打算用一幅大师的真迹，装饰她的客厅——当然不是为欣赏他的书法。

索斯坦·凡勃伦是挪威移民的儿子，一八五七年生于威斯康星，一九二九年在加利福尼亚去世（斯堪的纳维亚人为美国作出的贡献很大，惠特曼最优秀的继承人桑德堡也是斯堪的纳维亚裔）。凡勃伦著述甚丰。他不折不扣地信奉社会主义理论。他在最后几部著作中预示了历史的不祥结局。

---

1 Max Liebermann（1847—1935），德国油画家、铜版画家。

古斯塔夫・福楼拜
《圣安东的诱惑》

古斯塔夫・福楼拜（一八二一～一八八〇）对文学创作坚信不疑。他落入了可能会被怀特海称为"完美词典"把戏的那种圈套，相信这个纷繁世界的每事每物都有一个与之对应的早就存在的确切的词，作家的责任就是找到这个词。

他相信自己已验证这个词必定是最悦耳的一个。他从不仓促下笔，没有一行字句不仔细推敲、反复琢磨。他追求而且做到了真实，也常突发灵感。他说："散文刚刚诞生。""韵文主要是古代文学的形式。韵律的各种组合已经穷尽，散文却并非如此。"在另一篇文章中又说："小说正等待着它的荷马。"

福楼拜的大量作品中最奇特的要数这部《圣安东的诱惑》了，其灵感来自一出古老的木偶剧、老勃鲁盖尔的一幅画、拜伦的《该隐》和歌德的《浮士德》。一八四九年，在辛勤写作了一年半之后，福楼拜把他的两个好友——布耶和迪康——找来，劲头十足地把这部长达五百多页的巨著的手稿念给他们听。他足足朗读了四天。两位朋友的"判决"没有回旋的余地：把稿子烧掉，再也不要去想它。他们劝他找一个不带抒情意味的寻常题材。无可奈何的福楼拜写了《包法利夫人》，小说于一八五七年问世。那部手稿的死刑判决却并没有执行，福楼拜对它作了修改、删节，于一八七四年付梓。

　　此作像剧本那样带有场景说明。值得庆幸的是，此书没有流于限制并损害了福楼拜此后所有作品的那种过分的精雕细刻。书中的"幻象"包括公元三世纪和十九世纪。圣安东也是古斯塔夫·福楼拜自己。在小说激越、壮美的最后几页，修士希望像梵天或惠特曼那样成为天地万物。

　　阿尔贝·蒂博代[1]曾说《圣安东的诱惑》是一朵巨大的"恶之花"。福楼拜对这样一个大胆而又笨拙的比喻又有什么可说的呢？

1　Albert Thibaudet（1874—1936），法国批评家、作家。

马可·波罗
《行纪》

我们历史中最重要的事件之一便是发现东方，东方是个美妙的词，包含着曙光和许多闻名的国家。希罗多德、马其顿的亚历山大、《圣经》、巴斯科·达·伽马、《一千零一夜》、克莱武[1]和吉卜林是这场至今尚未停止的冒险的不同阶段。此书则构成另一个阶段（梅斯菲尔德[2]认为这是个最要紧的阶段）。

热那亚人于一二九六年俘获一条威尼斯战船是值得我们庆幸的事情。统率此船的是一个与众不同的人，因为他曾在东方生活多年。此人便是马可·波罗，他用拉丁文向狱友——比萨的鲁斯蒂恰诺——口述其漫长的旅行经历，描绘他到过的一个个王国。监狱似乎是最适于文学创作的地方，我们不禁想起魏尔伦和塞万提斯。用拉丁语而不用本国语口述意味着作者面向众多读者。马可·波罗是个商人，但在中世纪，一个商人可以是个辛伯达。沿着那条丝绸之路（古老的商队曾在这条路上艰苦跋涉，以使一块织有花纹的锦缎被维吉尔获得，让他写出一首六韵步诗来），马可·波罗翻山越岭，横穿沙漠，来到中国，受到皇帝宠幸，皇帝委之以复杂的使命，还授以"总管"[3]之职。马可·波罗精通多种文字，能讲多种语言。

马可·波罗深知人的想象不见得不如所谓的现实真实。他的书中充满奇事，我们不妨随便举出一些：亚历山大为阻挡匈奴而建的城墙、"山中老人"哈桑·伊本·萨巴的人造天堂、影子王国时隐时现的地域、一个国王饿死在里面的珍宝塔、变成好人模样诱使旅客迷路的沙漠中的魔鬼、山顶上的亚当墓、黑色的老虎，等等。

1　Robert Clive（1725—1774），英国军事家，英国首任孟加拉行政长官。

2　John Masefield（1878—1967），英国诗人、小说家。

3　《行纪》所述马可·波罗当过扬州总管之事似无历史根据。

此书的主人公有两个。一个是蒙古人的辽阔帝国的皇帝忽必烈汗（即柯尔律治笔下那位三入梦境的忽必烈汗），另一个就是那个为其效力的好学而又谨慎的威尼斯人。既非隐身书后，也未展现自己的马可·波罗因此书而得以永生。

马塞尔·施沃布
《假想人生》

　　正像那位因读了一些书而成了堂吉诃德的西班牙人那样，施沃布在开始文学生涯并丰富了文学宝库之前是一个痴迷的读者。他有幸出生在文学最繁荣的国家——法国，有幸生活在与前一个世纪同样灿烂的十九世纪。犹太拉比家庭出身的他，继承了东方传统，又把这种传统融进了西方传统中去。他的领域永远是那些深深的图书馆。他学习希腊语，翻译过萨莫萨塔的卢奇安的作品。他也像众多法国人那样钟情英国文学，翻译过斯蒂文森和梅瑞狄斯的作品，那是棘手、艰巨的工作。他既欣赏惠特曼，又欣赏爱伦·坡，对维庸[1]驾驭的中世纪的语言也很感兴趣。他发现并翻译了《摩尔·弗兰德斯》[2]，很可能从中学到了那种随意创造的艺术。

他的《假想人生》写于一八九六年。为写此书，他发明了一种奇特的方法。主人公是真的，而事情却可能是虚构的甚至是神奇的。本集的特色正在于这种真与假的摆动。

施沃布的崇拜者遍布世界各地。他们构成了一个个秘密小社团。施沃布不追逐名声，专为一小部分快活的少数[3]而写。他是象征派文人聚会的常客，是古尔蒙[4]和保尔·克洛岱尔的朋友。

一九三五年前后，我写过一部题为《恶棍列传》的天真的书。那本书依据的许多资料之———也是评论界至今未指明的——就是施沃布的这部作品。

施沃布生于一八六七年，卒于一九〇五年。

1　François Villon（1431—1463），法国诗人。
2　英国作家笛福（Daniel Defoe，1660—1731）的代表作之一。
3　原文为英文。
4　Rémy de Gourmont（1858—1915），法国作家、哲学家。

萧伯纳
《恺撒与克娄巴特拉》《巴巴拉少校》
《康蒂妲》

对萧伯纳能说些什么又不能说什么呢？人们认为他非常机智，但他绝不仅仅是机智而已，因为他曾写下如下句子："为卑鄙的目的所用是唯一的悲剧，其余不过是死亡和不幸而已。"又如："我已抛弃上天的贿赂"或"不被重视不是一种美德"，等等。

世人无不熟知他的生平。萧伯纳一八五六年生于都柏林一个信奉新教的家庭。他最早作出的一个决定便是逃离爱尔兰。一八七六年，他来到伦敦，结识威廉·莫里斯，加入费边社——该组织用"拖延者"费边[1]的名字命名，认为无须通过革命，世界便会逐步进入社会主义。他出版过五部用十八世纪清澈风格写成的异端小说，从事过戏剧评论和音乐评论，写过两部有关瓦格纳和易卜生的著名著作，阐述并丰富了那两位作家的思想。他用了近四十年的时间才展露自己的戏剧天才。一八九二年写了第一部剧作。他发现要在英国取得成功，最好用英国式的讽刺。一九〇一年，萧伯纳出版了他的戏剧集《为清教徒写的三个剧本》。作品的名字就是一个悖论，因为清教徒禁止上演戏剧。

一九二一年，他写了《回到玛士撒拉》[2]，作品向我们显示一种神力的不同变形，这种神力可变作行星、石块、树木、动物和人，最后又回到它的源头。这种哲学与另一个爱尔兰人——生活在九世纪的埃里金纳相合。

萧伯纳崇尚长寿，享年九十四岁。

奥斯瓦尔德·施本格勒在其《西方的没落》中，称浮士

1　Fabius Maximus Cunctator（前 280—前 203），古罗马统帅，因采用拖延战术，坚壁清野，与汉尼拔军相周旋，最后取得胜利。一度被决战派讥称为"拖延者"。

2　又译《千岁人》。据《圣经·旧约》，玛士撒拉为以诺的儿子、塞特的第七世孙，据说活了九百六十九岁。

德文化的最后一部重要作品便是本集包括的《巴巴拉少校》。本世纪的作家们陶醉于人性的弱点，唯一能想象英雄的是萧伯纳。《恺撒与克娄巴特拉》中的男主角远比普卢塔克和莎士比亚作品中的恺撒复杂得多。

弗朗西斯科·德·克维多
《众人的时刻》《马尔库斯·布鲁图斯》

亲历过这么多事情的克维多目睹了祖国西班牙的衰落，并把它写成有名、庄重的诗句（"我凝视着祖国的城墙／昔日坚不可摧，如今已成残垣断壁"）和一首带有谴责性的书信体诗，作者不怕用一句略显滑稽的诗句来开头（"即便用手指暗示，我也不会沉默"），因为他也像莎士比亚那样，深知无论一首诗怎么开头，凭他的天才，都可以把诗写下去并写成华章。他始终热衷于政治，专注于得不偿失的佛兰德斯[1]战争，希冀在宫廷中供职的机会，可以说完全无视美洲的发现。其对美洲的关注，只限于它的金银和被海盗追击的从这片大陆驶回西班牙的大帆船。他本是耽于感官享乐之人，却极想当一名禁欲主义者，或许他还真这么做过，因为在他身上有某种修道士的倾向。他品味西班牙语的每个语词，对下流社会的切口和贡戈拉的用语抱有同样的兴趣。他研究希伯来语、阿拉伯语、希腊语、拉丁语、意大利语和法语；读蒙田的作品，称他为"山先生"[2]，但没从他那里学到任何东西。他不谙微笑和讥诮，喜欢的只有发怒。他的作品是一系列的实验，更确切地说，是一系列的语言冒险。

我们选了两部作品，第一部是《众人的时刻》，书中有许多奇思怪想：会更换主人的房子，用大理石覆盖、变成雕像的人，捧读漆黑书稿的诗人（书页黑得看不见捧书的手），还招来了猫头鹰和蝙蝠。风格则显然是十足的巴罗克式。书中某处有这样的句子："懒人们觥筹交错饮出红扑扑的脸。"

《马尔库斯·布鲁图斯》表现了那种对仍存在于西方语言中的拉丁语的留恋。在作者那些苦心构造的警句中，卡斯蒂利亚语几乎就是拉丁语。克维多译过被他奉为楷模的马尔

1　中世纪的公国，13 世纪至 14 世纪欧洲最发达的毛纺织中心之一。
2　法语中"蒙田"与"山"谐音。

韦齐侯爵[1]的《罗慕洛》，还逐段翻译、批注过普卢塔克的希腊文著作。

堂弗朗西斯科·德·克维多-比列加斯一五八〇年生于马德里，一六四五年在同一座城市谢世。卢贡内斯——我国的克维多——认为他是最高超的西班牙语文体家。

1　Virgilio Malvezzi（1595—1654），意大利历史学家、散文家、外交家。

伊登·菲尔波茨
《雷德梅恩一家》

伊登·菲尔波茨曾说:"据大不列颠博物馆的公开目录,我是一百四十九部书的作者。我真是悔之又悔,无可奈何又惊异万分。"

"英国作家中最具英国味儿的作家"伊登·菲尔波茨本是犹太裔,出生在印度。他不否定自己的血统,却从来不是一个赞格威尔式的"职业"犹太人。一八六七年他五岁时,便被其父亨利·菲尔波茨船长送到英国。十四岁时,他首次穿越达特穆尔荒原,那是德文郡中部一片云雾笼罩的干旱的荒野——提供诗的素材的神秘之地。(菲尔波茨于一八七六年所作的这次四五十公里的艰苦跋涉,决定了他以后所有的创作——他的第一部作品是写于一八九七年的《雾中的孩子们》。）他十八岁来到伦敦，希望成为一个好演员并不乏决心，是观众让他打消了这个念头。一八八〇年至一八九一年，他在一间办公室打发日子，晚上则又是写、又是读，手稿改来改去，写了烧，烧了写，一八九二年结婚。

声誉对他很是眷顾（说荣耀难免有些夸张）。菲尔波茨是个心情平和的人，不愿为了做一轮讲座横渡从不休憩的大西洋。他会和花匠讨论桂竹香和风信子的命运；在奥克兰、温哥华、西姆拉、孟买等地都有沉默寡言的阿伯丁的读者在等待着他——就是那种有时会为确认秋物描写的一个真实细节，或认真地哀叹故事的悲惨结局而提笔写信的沉默寡言的英国读者。这些读者从世界各地给伊登·菲尔波茨的英国花园寄来细小的种子。

菲氏的小说可分为三类。第一类——无疑也是最重要的一类——是所谓的达特穆尔小说。这些地域小说中有《陪审团》、《晨之子》和《世间男儿》等；第二类为历史小说，如《埃万德尔[1]》、《堤丰的宝藏》、《鸡血石龙饰》和《月之友》

---

1 古罗马神话人物，女神卡尔门蒂斯和赫耳墨斯之子，据传是他引进文化、教人书写。

等；第三类为侦探小说，如《迪格威德先生与卢姆先生》、《治治你自己吧，医生》和《灰色的房间》等。这类小说的简洁和凝重令人叹服。我认为菲氏最好的侦探小说是《雷德梅恩一家》。另一部小说——《无法根除》——以侦探故事开头，然后变成悲剧故事，这种随意或腼腆是菲尔波茨的特征。

他也是喜剧作家，有些剧本与女儿合作写成，有的与本涅特合著。他的诗集有《一百零一首十四行诗》和《苹果盘》等。

我有幸翻阅几百部侦探小说（有些真的是随手翻翻），也许没有任何一本其他同类小说引起过我这么大的兴趣。此书的情节在作者后来所著的《问题就要发生》中再度出现，只是在后一部书中，尼古拉斯·布莱克的情况略有不同罢了。在菲尔波茨的其他故事中，一开头就写出了答案（因故事本身富有魅力，这倒无关紧要），本书却非如此，它将令读者陷于最愉悦的疑惑之中。

克尔恺郭尔
《恐惧与战栗》

　　克尔恺郭尔一八一三年生于哥本哈根，一八五五年在同一座城市去世（他的带有预言性的姓氏在丹麦文中意为坟墓）。他被认为是存在主义的创始人。或更确切地说，是存在主义之父。他不像他的儿子们那样好出风头，过着一种深居简出的生活，并且也像另一位大名鼎鼎的丹麦人——哈姆雷特王子——那样，常被疑虑和极度的痛苦所困扰（他使"极度痛苦"这个源于拉丁文的词有了一种新的战栗）。说他是个哲学家，不如说他是神学家，更不如说他是一个雄辩、敏感的人。他属于路德教派，认为从理性的角度出发，有关上帝存在以及耶稣是上帝化身的种种论据是十分荒谬的，所以他从不予以接受，而是建议每个信徒采取一种个人的宗教行为。他不承认教会的权威，称每个人都有选择的责任。他否定黑格尔的辩证法和术语。在他"静止"的一生中，更多的是思考和祈祷，而非极端的举动。宗教是他最大的激情。他为亚伯拉罕[1]的牺牲而忧悒。

有家报纸曾登过一幅丑化他的漫画，克尔恺郭尔对自己说，他一生的真正目的也许就是为引出那幅画来。帕斯卡显然着意挽救自己的灵魂；克尔恺郭尔却说："如果末日审判之后只有一个人被罚入地狱，而那人恰好是我，我将在地狱里赞美上帝的公正。"

乌纳穆诺为读克氏的作品而学起了丹麦文，并说那种语言值得他花大力气去学。

克尔恺郭尔在一篇各种文选都会选录的文章里腼腆地赞扬过他的母语——被一些人认为不适用于哲学辩论的丹麦文。

1　希伯来人的祖先。耶和华立他为多国之父。亚伯拉罕一百岁时得子以撒，上帝为试验他的忠心，命令他把以撒当做牺牲献给上帝，亚伯拉罕准备遵命，但是上帝赐给他一只羊羔代替以撒。

古斯塔夫·梅林克
《假人*》

　　帕拉切尔苏斯[1]的弟子们是用炼金术来制造小人，喀巴拉哲学家们使用的方法是：冲着一个泥像莫测高深地缓缓念出神的秘密名字，这种一个词的产儿，别称 Golem，相当于尘土，即制造出亚当的材料。阿尔尼姆[2]和霍夫曼[3]均熟知这个传说。一九一五年，奥地利人古斯塔夫·梅林克赋予这个传说以新生命，写出这部小说。当时的德国因听烦了震耳的战报，对他那些神奇的杜撰报以由衷的欢迎。因为可以暂时忘记现实。梅林克把假人写成这样一个角色：每隔三十三年在布拉格贫民窟一个没有门的圆形房间的无法靠近的窗子上显现。这个角色既是叙述者的另一个

"我"，又是世世代代古老犹太民族的一个无形的象征。这部作品中的一切都很奇特，比如都是单音节的目录：*Prag*、*Punsch*、*Nacht*、*Spuk*、*Licht*[4]等。与刘易斯·卡罗尔的作品一样，故事由连环梦境组成。梅林克当时已放弃基督教而改信佛教了。[5]

梅林克先是一个优秀的讽刺诗人，而后才成为神怪文学的写恐怖的好手。他的《德国资产者的丰饶角》成书于一九〇四年。梅林克一九一六年出版《绿面孔》，其主人公是"流浪的犹太人"，德语中称作"永生的犹太人"。一九一七年，梅氏出版《沃布尔加[6]之夜》。一九二〇年出版书名优美的小

---

* 在《圣经》和犹太法典文献里，此词译为"未成形的体质"。《塔木德》中，它被描绘成上帝创造亚当早期的一种形态。

1 Paracelsus（1493—1541），德裔瑞士医师、炼金术士。

2 Achim von Arnim（1781—1831），德国作家，曾广泛收集德国古代和当代民间传说。

3 Ernst Theodor Amadeus Hoffmann（1776—1822），德国作家、作曲家、画家。他创作的神话故事、超自然恐怖小说影响颇广。

4 这几个单音节词的意思是："布拉格"、"潘趣酒"、"夜晚"、"鬼魂"、"灯光"。

5 1927 年梅林克改信佛教。

6 Saint Walburga（约 710—779），被谥为圣女的英国本笃会修女，后去德国传道，死于海登海姆女修道院院长任上，约 780 年 5 月 1 日遗骸迁葬。据民间传说，在前一天（4 月 30 日）晚上，有大批女巫飞来。

说《西窗的天使》，故事发生在英国，人物是些炼金术士。古斯塔夫·梅林克的本名是梅耶尔，一八六八年生在维也纳，一九三二年在巴伐利亚的斯塔恩贝格去世。

亨利·詹姆斯
《教师的课程》《私生活》
《地毯上的图像》

　　亨利·詹姆斯是位神学家的长子（这位神学家也叫亨利，曾放弃刻板的加尔文教派改信神秘的斯维登堡学说），一八四三年出生在纽约城。其父希望两个儿子成为世界主义者，而不是纯粹的美洲"乡巴佬"。亨利和弟弟威廉受到精心的欧洲教育。从一开始，亨利·詹姆斯就知道自己是生活的旁观者而非生活的行动者。读了他的作品。我们可以确信他确实是个敏锐而又富于创造力的旁观者。他一直认为美国人在智力上不如欧洲人，但在伦理上则胜一筹。他写戏剧不是很成功；但写长、短篇小说却极为拿手。他不同于康拉德和狄更斯，不擅长人物性格的塑造，但善于创造故意写得模棱两可的复杂的情节，使人难以解读，因此可以永无休止地读下去。他那些丰富的作品，写出来就是为了要人慢慢品味、细细分析的。他挚爱英国、意大利、法国而不喜欢德国。他写道，巴黎是全世界所有情人的一盏明灯。一九一六年第一次世界大战结束前夕，詹姆斯在伦敦去世。

詹姆斯发觉文学生涯可以成为宝贵的题材。读了本集所选的三篇故事，读者即可确信习文的魅力和奇妙绝不亚于习武（后者对创作史诗弥足珍贵）。三篇中的第一篇，笔调是讽刺性的；第二篇是神奇怪诞的，有人认为是受了罗伯特·勃朗宁 [1] 最后几年创作的启示；第三篇则是詹姆斯全部浩繁著作的一种象征。

1　罗伯特·勃朗宁在最后的年月里大多写以当代事件为题材的叙事诗和独白诗。

希罗多德
《历史》（九卷）

　　空间是用时间来量的。那时的世界比现在大，希罗多德却在公元前大约五百年周游世界。色萨利[1]和西徐亚人[2]生活过的辽阔草原留下过他的足迹；他乘船沿黑海海岸旅行，到达过第聂伯河畔，又在萨罗利斯通向波斯都城苏萨的危险旅途中艰苦跋涉；他到过巴比伦和伊阿宋取回金羊毛的科尔基斯，也到过格拉萨，踏遍群岛的每一个小岛；在埃及，他和赫菲斯托斯[3]神庙的祭司谈话，对希罗多德来说，哪里的神都一样，只是在各种语言里改变了叫法罢了；他沿神圣的尼罗河而上，或许到达最初的瀑布，奇怪的是，他把多瑙河想象成与之流向相反的尼罗河的继续；

他在古战场上见到被伊纳鲁斯打败的波斯士兵的白骨；他也见到过还很年轻的狮身人面像。希罗多德身为希腊人，却钟情于埃及——"所有地区中最奇妙的地区"。他在那里感觉到时间的古老脚步。他对我们讲了三百四十一代人、祭司和国王的事情，认为是埃及人把一年分成由十二个神分别掌管的十二个月份。

他有幸生活在伏尔泰有文纪念的伯里克利 [4] 的世纪。

他是索福克勒斯和高尔吉亚的朋友。

西塞罗——他很清楚"历史"这个词在希腊语中就是调查和证实的意思——称希罗多德为"历史之父"。德·昆西在一八四二年初发表的那篇写得最成功的文章中，也热情洋溢地赞美希罗多德（现在一般只对当代作家而不对古代作家作这样的赞扬），认为他是第一位百科全书编纂者、第一位人种学家和地理学家，称他为"散文之父"。照柯尔律治

1　古希腊民族。

2　也称斯基泰人，古代生活在东欧、西亚的游牧部落。

3　希腊神话中的火神，即罗马神话中的伏尔甘。

4　Pericles（约前 495—前 429），古代雅典政治家。

的说法，散文应比在各国文学中先于其产生的诗歌更让人惊喜。

德·昆西在上面提到的那篇文章中把《历史》（九卷）说成是一个宝库。

胡安·鲁尔福 *
《佩德罗·巴拉莫》

　　埃米莉·狄金森认为出书并不是一个作家命运的基本部分。胡安·鲁尔福似乎认同狄金森的这个观点。鲁尔福喜欢读书、孤独和写作，他不断地批阅、修改、撕毁他的手稿，近四十岁时才出了他的第一本书——《燃烧的原野》（一九五三年）。是他的一个固执的朋友埃弗伦·埃尔南德斯从他手中夺下了稿子，拿去送了印刷厂。那是一个由十九篇故事组成的系列，以某种形式预先展示了这部被译成多种语言、使他在很多国家出名的小说《佩德罗·巴拉莫》。从叙述者在寻找父亲佩德罗·巴拉莫途中遇见一个陌生人起（此人声称自己是叙述者的兄弟并说村子里所有的人都姓巴拉莫），读者就已明白这是一部神奇小说，虽无法预料无数的枝杈，却已被小说的吸引力俘虏。评论界的分析莫衷一是，最值得一读又是最复杂的当推埃米尔·罗德里格斯·莫内加尔的分析。历史、地理、政治、福克纳以及某些俄国和斯堪的纳维亚作家的技巧、社会学、象征主义等各个方面都被一一探讨，但至今没有人能够拆开那条"彩虹"（借用约翰·济慈的奇特的比喻）。

《佩德罗·巴拉莫》是西班牙语各国文学中最优秀的小说之一，也是所有文学中最优秀的小说之一。

---

* Juan Rulfo（1917—1986），墨西哥小说家，《佩德罗·巴拉莫》是他 1955 年的作品，一译《人鬼之间》。

鲁德亚德·吉卜林
《短篇小说集》

我认为本集中的每一篇故事都堪称微型的经典之作。前几篇简单得出奇，后几篇又刻意写得模糊、复杂；虽不是其最好的作品，却各具特色。吉卜林青年时期写下的《痛苦之门》丝毫不亚于那篇有关那个不知不觉变成耶稣的罗马士兵的动人故事。在所有这些作品中，作者都是用一种巧妙的天真口吻来叙述他的故事，似乎始终不解其意，还加上一些平常的评论，让读者得出相反的结论。

吉卜林本质上的伟大受到了一些不利情况的影响，他向一个变化了的甚至是略带敌意的英国揭示大不列颠帝国。信奉社会主义的威尔斯和萧伯纳不无惊诧地注视着这个突然冒出来的青年，他来自陌生的印度斯坦，宣称帝国乃白种人的责任和重担。他们不幸地犯了一个错误：从其政治观点来评判这位天才。这个不好的先例为当今许多人效法；我们不时听到"承诺文学"这一说法。

鲁德亚德·吉卜林诞生于孟买，他的第一部优美的诗集《七海》就献给了这个城市。他先学会印地语，然后才会英语，而且始终能用两种语言思考。一个锡克教[1]信徒曾对我说，那篇《绅士之战》显然是用当地语言写成而后译成英文的。吉卜林始终崇拜法国，对法国的眷恋胜于对自己的祖国。在学校里，他被迫学习拉丁文，起初他憎恨不得不死记硬背的贺拉斯的作品；多年之后，却靠着贺拉斯度过长长的不眠之夜。功成名就的吉卜林始终是一个孤独、寂寞的人。他的自传——《谈谈我自己》——正如书名所说，只告诉我们很少的一些事情。书中没有精神分析学所要寻找的任何隐秘，这种不爱倾诉的人所特有的言不尽意的态度恰恰让我们对他有了更好的了解。他的长子死于第一次世界大战（他是英国

1　15世纪末由那纳克在旁遮普融合伊斯兰教和印度教而成的一种宗教。

派往法国的十万志愿兵之一）。吉卜林在一篇有关罗马的文章中寄托了自己的哀思。吉卜林如此丰富的著作自然包含着许多永远不为我们所知、也是我们不应知道的幸福和痛苦。

吉卜林和雨果一样擅长绘画，他为自己所著的《原来如此的故事》所绘的多幅插图即是明证。

乔治·穆尔说，吉卜林是自莎士比亚之后唯一的一个用全部英语词汇写作的作家。他能随心所欲地驾驭如此丰富的词语而无卖弄之嫌。他的每行文字都经过长时间的仔细推敲。吉卜林早期常使用大海、动物、冒险家、士兵等题材，后期主要写疾病和复仇。

一九三六年，吉卜林在做完第二次癌切除手术后谢世。他最后的作品中有一篇题为《肉体痛苦颂》，"因为那种痛苦能使心灵忘记它的其他苦恼"。

在我漫长的一生中，总有上百次读过收进本书的这几篇故事。

威廉·贝克福德
《瓦提克》

从阿特米多鲁斯[1]到卡尔·荣格，都对编织了我们大部分人生的梦进行过详尽研究。所有的梦中最凶险的梦魇则不然。遗忘或记忆的模糊不清的灰烬（即夜间的梦）是日间慢慢存留下来的；而梦魇则给我们一种奇特的滋味，与惯常的夜不成寐迥然不同。我们在一些艺术作品中可以品出这种独特的滋味。我想到的有《地狱》第四歌中的双层城堡、皮拉内西[2]的《监狱》、德·昆西和梅·辛克莱写的一些章节，以及贝克福德的《瓦提克》。

威廉·贝克福德（一七六〇～一八四四）继承了一大笔财产，于是他研习艺术，建造宫殿，追求享乐，做奢华的隐士，收藏书籍和木刻，起码在早年体会过那种据说只有有幸生活在法国大革命之前的人才懂得的生活的甜蜜[3]。莫扎特教过他音乐。他在葡萄牙和英格兰（分别是辛特拉[4]和丰特希尔[5]）建起昙花一现的塔楼。对其同代人来说，他是那种古怪的贵族的典型。他在某种程度上与拜伦（或我们今天想象中的拜伦）相仿。他十七岁时开始为他很欣赏的佛兰德斯派[6]画家写讽刺性传记。他母亲与爱德华·吉本一样，不相信英国的大学，所以威廉·贝克福德是在日内瓦受的教育。他曾遍游低地国家[7]和意大利，并为这两个国家写过一本未署名的书信体的书。这本书刚一问世即被他销毁，现今只有六册幸存。据说他在一七八一年，仅用三天两夜便写出了《瓦提克》。这一传闻是本书内容连贯的明证。贝克福德用法文写就此书，因

<hr>

1　Artemidorus Daldianus（活跃于公元 2 世纪），古罗马占卜家，著有《解梦》。

2　Giovanni Battista Piranesi（1720—1778），意大利素描家和铜版画家。版画《监狱》创作于约 1745 年。

3　原文为法文。

4　葡萄牙里斯本城镇名。

5　英格兰地名。

6　指 15 世纪至 17 世纪初兴盛于佛兰德斯的画派，以生气蓬勃的写实主义和高超的技术造诣著称。

7　即荷兰。

为在当时，英文正如其他日耳曼语那样，是非主流的语言。一八七六年，马拉美为此书再版作序。

本书受《一千零一夜》的影响，但故事编得极为成功，艺术高超。安德鲁·兰曾隐约或公开提到贝克福德虚构的地火之堡乃本书最大的亮点。

丹尼尔·笛福
《摩尔·弗兰德斯》*

　　如果我没有搞错的话，描写环境特征乃丹尼尔·笛福（一六六〇～一七三一）的带根本性的发明，在他之前的文学作品从未注意到这一点。这一发明之晚非常显眼，据我的记忆，在整部《堂吉诃德》中就未下过一场雨。除了这种后来被乌纳穆诺称为"技术手段"的新鲜事之外，笛福还在其作品中不断创造出令人喜爱而又罪孽深重的人物。此外，他那从不追求浮华的极其流畅的风格同样令人叹服。圣茨伯里[1]认为他的作品是历险小说和现今称之为"心理分析小说"的分界，这两类小说实则是交织在一起的。《堂吉诃德》既可说是写吉诃德性格的书，也可以说是写堂吉诃德历险的书；《鲁滨孙飘流记》（一七一九年）不仅写了那个在荒岛搭房子的德国水手，也描述了人在荒滩留下痕迹这一动人心魄的可怖经历。顺便要补充的是，笛福曾在布里斯托尔港[2]与亚历山大·塞尔科克[3]作过长谈。此人在智利西边的胡安·费尔南德斯岛生活了四年又四个月，后来成为鲁滨孙的原型。笛福还曾在绞刑架下与窃贼杰克·谢泼德[4]谈过话；此人被绞死时年仅二十二岁，笛福为他写了传记。

　　丹尼尔·笛福在伦敦出生，祖父是位乡绅，父亲是屠夫。他父亲署名"福"，丹尼尔极有远见地在"福"字前加上了一个贵族家谱使用的词缀 de（"笛"）。他在一所非国教的中学受到良好教育，曾为经商走遍葡萄牙、西班牙、法国、德国和意大利。有一份反土耳其人的宣传品据认为出自笛福之手。他开过杂货店，破过产，蹲过大牢还被罚戴枷锁示众，

---

* 全名为《大名鼎鼎的摩尔·弗兰德斯的幸运和不幸的遭遇》。

1　George Saintsbury（1845—1933），英国文学史家、批评家。

2　英格兰埃文郡港口。

3　Alexander Selkirk（1676—1721），苏格兰水手，1704 年在海上策动哗变，被送到智利海外荒岛度过近五年的时光。

4　Jack Sheppard（1702—1724），英国著名窃贼，被绞死时围观者达二十万之众，是诗歌、民间戏剧、传奇小说和滑稽剧中的中心人物。

因此而写了一篇颂[1]。他不惜充当秘密情报员，也曾为英格兰和苏格兰两个王国的联合奔走出力，主张建立常备军。他不谙党派之争，结果与保守派和自由派两派交恶。其时威廉三世登上了王位，有人指责他并非纯种英国人。笛福在一首音调铿锵的十音节双行诗[2]中雄辩地指出，谈论所谓纯种英国人完全是"难以形容的自相矛盾"，因为大陆的所有人种早在英国——欧洲的下水道——混合了。这首奇特的诗中有这样的诗句：

苏格兰盗贼和丹麦海匪，

留下红毛后代四处繁衍。[3]

这样的抨击使他丢掉了年金。他在一七〇六年发表了名为《维尔夫人显灵纪实》的小册子。

---

1 笛福在 1702 年写了著名政论《消灭不同教派的捷径》，讽刺保守派对非国教信徒的迫害。1703 年被政府逮捕，被判处入狱六个月、枷示三天，伦敦市民则视其为英雄。笛福为此写了《立枷颂》。
2 笛福 1701 年发表的这首讽刺诗题为《真正的英国人》。
3 原文为英文。

《辛格尔顿船长历险记》写的是非洲，却以迥异的风格预示了里德·哈格德后来所写的多部小说。

笛福是魔鬼学家，所著《魔鬼政治史》写于一七二六年。

一想到西班牙正经的（从不敢写性欲的）流浪汉小说竟是《摩尔·弗兰德斯的幸运和不幸的遭遇》（一七二一年）的遥远前身，我们不能不感到吃惊；这位摩尔·弗兰德斯有过五位丈夫，乱伦，还坐过多年监狱。

马塞尔·施沃布曾将此书译成法文，福斯特曾作过评析。

让·科克托 *
《"职业奥秘"及其他》

　　我们永远不能知道，从文学史及文学嬗变的过程来审视文学这个法国习惯（亦是当今世界的习惯），对让·科克托是有益还是有害。他踊跃而非无奈地加入这一流派、信仰、演变、宣言和争论的奇异游戏。科克托十七岁成名。一如马里诺骑士，他始终认为艺术之目的是令人吃惊。他先后接受包括达达主义在内的各种主义。结交的朋友有布勒东、查拉[1]、马利丹[2]、毕加索、萨蒂[3]、阿波里奈尔[4]和斯特拉文斯基[5]。他偏爱戏剧、芭蕾这种面向众多观众的艺术。他参加过第一次世界大战，小说《骗子托马斯》就是当时见闻的记录。那是一部优美的却从未获作者喜爱的作品。他也像奥斯卡·王

103

尔德那样，是个假装轻浮的聪明绝顶的人。我们不妨提一下他那个简洁的隐喻："六弦琴——死亡之穴"，他显然是在指用六弦琴演奏的民谣的忧伤。获得院士席位和改信罗马天主教则是他一生中最后两件令人吃惊的事情。

本书可能是我们得以欣赏的科克托大量作品中最不出名、却是最好看的一部：除去那些教条式的宣言，更有一连串有关神秘的诗的睿智而巧妙的见解。科克托与众多批评家不同，他熟谙诗歌，自己也写得一手好诗。读本书犹如同他亲切的幽灵交谈。

---

* Jean Cocteau（1889—1963），法国艺术家、诗人，1955 年当选为比利时皇家法语语言文学院院士及法兰西学院院士。
1 Tristan Tzara（1896—1963），法国诗人、随笔作家，因创立艺术中的虚无的达达主义运动而闻名。
2 Jacques Maritain（1882—1973），法国天主教哲学家。其思想体系以亚里士多德哲学和托马斯主义为基础。
3 Erik Satie（1866—1925），法国作曲家。
4 Guillaume Apollinaire（1880—1918），法国诗人，超现实主义的先驱。
5 Igor Stravinsky（1882—1971），俄国出生的作曲家，后流亡西欧；迁居法国后主要住在巴黎；最后移居美国。

托马斯·德·昆西
《康德晚年及其他散文》

　　除德·昆西之外，没有任何人使我享受到如此之多的幸福时光。初读他的作品是在卢加诺湖畔，至今我仍记得当时我沿着地中海地区这个明澈、浩渺的大湖漫步，口中吟咏着《伦敦妓院——黑暗之都》中那些既压抑又优美的词句。

　　那是在一九一八年，即大战的最后一个年头。当时我觉得那些不时传来的可怖消息还不如底比斯狮身人面像之谜的不幸解答、在人群中徒劳地寻觅牛津街的安小姐（这些人的脸将永远在梦中纠缠着她）及其对夏日死亡滋味与不和谐的品尝更为真实。德·昆西十三岁时便已能得心应手地驾驭希腊文，他是华兹华斯最初的读者之一。也是英国最早研究当时几乎不为人所知的长长一串串的德语的人之一。他与诺瓦利斯一样，不看重歌德的作品，却有些过分地推崇里希特。他坦承没有神秘感便无法生活。发现一个问题对他而言不亚于找出一种解释。他极易被音乐，特别是意大利音乐所打动。在其同代人的记忆中，他是个最彬彬有礼的人；无论同何人交谈，都用"苏格拉底"的方式。他生性极其腼腆。

他的著述多达十四卷，作者像为乐器调音一般字斟句酌，无一页例外；一个词便可以使他激动不已，"罗马执政官"即是一例。

除了长篇小说《克罗斯托海姆》及一些有关政治经济学（笔者不敢涉足的学科）的谈话录外，德·昆西充溢激情、卷帙浩繁的著述均为散文。在当时，一篇散文便是一篇博学而有兴味的专题著作。德·昆西记得早年读过的厚厚的《一千零一夜》中的一章：一位魔法师侧耳伏地，听到地面上走动的无数脚步声，并且知道是谁的脚步——一个独一无二的人，一个命中注定去发现神灯的中国儿童。我在加朗、莱恩和伯顿的版本里寻找这一情节未果，后证实是德·昆西信手添加的细节——他那敏捷的思想丰富并扩大了往昔的记忆。

德·昆西的作品把智慧的享受与美的享受融为一体。

拉蒙·戈梅斯·德拉塞尔纳
《西尔维里奥·兰萨作品序》*

谁都知道戈梅斯·德拉塞尔纳坐在大象背上或马戏团的吊杆上作讲座（从吊杆上讲的话也许值得回忆，但从吊杆上讲话这一故意做出的奇事本身给人印象更深）。他用红墨水写作，并把他的洗礼名——拉蒙——用大写字母写成一种奇怪的交织字母图案。他无疑是个才子，完全不必玩这类花样。我们不妨把它视作一种游戏，一种插在生与死游戏中的豁达游戏。

他于一八八八年在马德里诞生，被西班牙内战推到布宜诺斯艾利斯，并在一九六三年卒于该城。我想他从未真正在我们这里生活过，因为他一直心系马德里，如同乔伊斯的心始终不离都柏林那样。

　　勒纳尔[1]曾说"我只需要杂记"[2]。正是由于该作家这种所谓"注视"的启发，我们介绍的这位作家创造出被费尔南德斯·莫雷诺[3]比作"气泡"的彩虹似的"琐记"。每一篇"琐记"都是一时一事的"顿悟"。戈梅斯·德拉塞尔纳的大量琐记写得轻松自如。

　　笔者读的德拉塞尔纳的第一部作品便是本书。作家不说"烟灰缸内盛满两个朋友在日落时所吸香烟的灰烬"，却说"盛满我们午后死亡的余灰"。

　　作家给我们留下上百部作品，此刻我记起他在一九四八年写的名字奇特的自传《自我垂死》以及他为几位西班牙著名画家写的传记。我认为他是指出戈雅所画的斗牛场面具有魔幻特点的第一人。

---

* Ramón Gómez de la Serna（1888—1963），西班牙作家。他创造的"琐记"是一种短诗（他自称是"幽默加隐喻"），对欧洲和拉丁美洲的先锋派文学影响深远。Silverio Lanza（1856—1912），西班牙小说家，作品以悲观主义色彩为主。
1　Jules Renard（1864—1910），法国作家。他的散文被认为是对自然主义作家风格的一种匡正。
2　原文为法文。
3　Fernández Moreno（1886—1950），阿根廷诗人。

安托万·加朗选编
《一千零一夜》

　　质与量进行比照时一般都会倾向于前者，这是传统的做法。不过，有些作品却要求后者，要求不惜篇幅。《一千零一夜》（或如伯顿起的名字，《一千夜零一夜故事集》）必定是一千零一。有的抄本说成一千夜，然而一千是一个不定数，是"很多"的同义词。一千零一则是个表示无限的数——一个无限而确切的数。据揣测，加上一是出于迷信：对偶数的敬畏。不过，认为这是一个美学发现可能更为妥当。

　　如同毕达哥拉斯的学说或佛陀的教义那样，《一千零一夜》在成书之前也是口述文学。最早的讲故事人可能是那些"夜谈者"，即用神奇故事为马其顿的亚历山大消磨夜晚时光的人。从印度斯坦到波斯，又从波斯到小亚细亚各城邦，再从小亚细亚到埃及，这便是那些虚构故事所经的道路。我们不难猜想有人在亚历山大港将其编纂成书；倘若如此，从头至尾主持此项工作的想必就是这位连接东方与西方的亚历山大。书的汇编日期始终未能证实；有人说是在十二世纪，也有人说是十六世纪。故事的场景则是伊斯兰教国家。传抄者们为了对上一千零一这个数目，随便加进一些别的故事，其中便有本书的引子——有关山鲁亚尔国王和那个感人的山鲁佐德的故事（山鲁佐德冒死为国王讲一个永无完结的故事）。辛伯达七次航海中有一次恰与奥德修斯的航线相同。

此书由一连串精心幻想出的梦所组成。尽管故事的内容千变万化，整个作品并非杂乱无章；故事的对称使我联想到壁毯的对称花纹。故事中常见到"三"这个数字。

我没犯现在那种卖弄学识的通病，挑选什么最可信的版本，而是找来最好看的版本，即东方学者、古钱币学家安托万·加朗的版本：他从一七○四年起便把那些"夜"揭示给欧洲。他突出了作品中的魔幻色彩，减少了拖沓，抹掉了某些淫秽的内容。伯顿曾强调加朗具有罕见的叙述才能。如无加朗这一份最初尝试的激励，恐怕就不会有后来的翻译。他是施惠于我们的人。

数百年逝去，人们依然倾听着山鲁佐德的讲述。

罗伯特·路易斯·斯蒂文森
《新天方夜谭》《马克海姆》

前些日子一个晚上，一个陌生人在马伊普大街当街拦住我。

"博尔赫斯，有一件事我要向您致谢。"他对我说。

我问何事，他回答：

"是您让我知道了斯蒂文森。"

我感到受之无愧同时又很高兴。我相信本书的读者将会同样心生感激。发现斯蒂文森与发现蒙田或发现托马斯·布朗爵士一样，是文学能够提供给我们的经久的幸福之一。

罗伯特·路易斯·斯蒂文森十九世纪五十年代初在爱丁堡诞生。祖父和父亲是灯塔工程师，有一条线路记载了他们所修建的灯塔和点燃的灯。他的一生艰苦而勇敢，他也像他所描绘的一个朋友那样，始终保持微笑的意愿。结核病迫使他从英国去了地中海，又从地中海去了加利福尼亚，最后从加利福尼亚迁居位于另一个半球的萨摩亚[1]。他于一八九四年去世。土著居民叫他"图西塔拉"，意为讲故事的人。斯蒂文森写过各种体裁的作品，包括祈祷词、神话、诗歌等。但是后人更愿意把他视作小说家。他放弃了加尔文教派，却像印度人那样相信宇宙受一种道德规则的约束，无论是无赖、老虎或是蚂蚁，都知道哪些事情做不得。

一八九一年，安德鲁·兰曾以赞美的口吻提到"弗洛里斯坦王子在一个神奇伦敦的历险"。那个神奇的伦敦，即本书开头两个故事所描绘的伦敦，便是斯蒂文森一八八二年"梦"见的伦敦，而幸运的是，本世纪的第一个十年，布朗神甫又再度为我们"探查"了这个城市。切斯特顿的风格是巴罗克式的，而斯蒂文森的风格则是嘲讽和古典式的。

玻璃镜子和水面曾使一代又一代的人产生第二个我[2]的联想，这也一直是斯蒂文森使用的题材。在他的作品中此类

---

1 东太平洋群岛。
2 原文为拉丁文。

题材有四种写法：第一种见于被今人忽视的喜剧《布罗迪执事》，这部作品是与威·欧·亨利[1]合作的产物，小说主人公既是细木工又是贼；第二种可见于充满寓意的故事《马克海姆》，其结局难以预料却无法更改；第三种出现在《化身博士》里，其情节来自他的一个噩梦。这个故事曾不止一次被搬上银幕，导演们无一例外都让一个演员扮演这两个人物，这就破坏了故事结局出其不意的效果；第四种是叙事歌谣《泰孔德罗加》，其情节是：幽灵（一个活人的魂）来找这个人——一个苏格兰高地的人，以便把他引向死亡。

罗伯特·路易斯·斯蒂文森是文坛最一丝不苟、最会虚构、最充满激情的作家之一。安德烈·纪德笔下的斯蒂文森是这样的："如果生活令他陶醉，那就像是喝了淡淡的香槟。"

1　William Ernest Henley（1849—1903），英国诗人、批评家。1874年养病时与罗·路·斯蒂文森结识。斯氏所著《金银岛》中的主人公就是以这位身残性烈而心地善良的朋友为原型。

莱昂·布洛瓦
《因犹太人而得救》《穷人的血》
《在黑暗中》

　　莱昂·布洛瓦和出于不言自明的理由被他厌恶的维克多·雨果一样，要么让读者五体投地，要么让人完全拒绝。他成了一位辱骂专家，对他本人来说，这是命运的不幸，然而这却是修辞艺术之大幸。他说英国是个声名狼藉的岛，意大利以背信弃义著称，说自己结识了罗思柴尔德[1]男爵，还不得不握了握"他那被人们称之为手的东西"。又说才华与所有普鲁士人无缘，埃米尔·左拉是比利牛斯山国家的呆小病患者，法兰西是上帝选中的民族，环球其他民族应当为能得到从其盘中掉落的残羹剩饭而感到满足，如此等等，不一而足。这些言之凿凿的断言仅是本人凭记忆随便举出的几个例子。而正是这种存心让人过目不忘、精心炮制的语句抹杀了这位名叫莱昂·布洛瓦的预言家和幻想家。他像喀巴拉哲学家和斯维登堡那样，认为世界是一部书，每个人只是神的密码书上的一个符号；谁都不知道自己是谁。布洛瓦在一八九四年写道："沙皇是一亿五千万人的领袖和忏悔师。责任虽大却仅是表面上的，因为他或许并不对上帝负责，而只对为数不多的人负责。如果说其帝国的穷人在其统治下受到压迫，如果其统治引出无边灾难，谁知道那个为他擦靴子的用人是否就是真正的和唯一的罪魁呢？在'神秘的'玄妙格局中，谁是真的沙皇？谁是国王？谁又能自称是个单纯的用人呢？"他认为宇宙只不过是心灵深处的一面镜子。他不偏不倚地既否定科学又否定民主制度。

　　他写过多种体裁的作品，给我们留下两部自传体的巴罗克风格的长篇小说：《绝望》（一八八六年）和《贫妇》（一八九七年）。他为波拿巴·拿破仑写过神秘意味的颂词，叫做《拿破仑之魂灵》。《因犹太人而得救》写于一八九二年。

1　Lionel Walter Rothschild（1868—1937），英国银行家、政治家、动物学家，罗思柴尔德自然历史博物馆的建立者。

《薄伽梵歌》《吉尔伽美什史诗》

　　这里介绍的是亚洲文学中两部著名的诗篇。一部是《薄伽梵歌》——当可译作《神之歌》或《幸运者之歌》，大约作于公元前二世纪或三世纪[1]，作者姓名不详。印度人认为他们的作品是一个神、一个教派、一个神话人物，甚至于是"时代"写的，这种假设似乎值得注意，但却使学者们束手无策。《薄伽梵歌》有诗偈七百首，已被收入长达二十一万两千诗行的《摩诃婆罗多》[2]内。其情节是：两军对阵，主人公阿周那王子因怕杀死在敌方营垒作战的亲朋和师长，迟疑再三不敢投入战斗。为其御车的御者催促他履行其种姓赋予他的职责，对他说：宇宙是虚幻的，战争亦是如此；灵魂是不朽的，肉体死亡后会轮回到其他生命；胜败无关紧要，至为重要的是是尽其天职和得以涅槃。御者后来以"黑天"[3]现身，即毗湿奴[4]的一千个称号之一。诗篇中的一个肯定对立双方同一性的章节曾为爱默生和夏尔·波德莱尔所效仿。读到一篇来自印度的颂扬战争的赞歌是件很奇特的事情。《薄伽梵歌》汇集了印度哲学的六个学派。

另外一部作品是《吉尔伽美什史诗》。它是世界上第一部史诗，此处的"第一"可能不仅指时间顺序而言，《史诗》于四千年前写成或编成，著名的亚述巴尼拔[5]图书馆收藏的十二块泥板上刻有史诗全文；十二这个数字并非偶然，——恰与作品的占星顺序相符。史诗的主人公有两位：吉尔伽美什国王和恩奇杜——一个同原野上的羚羊一道出没的天真野人，此人系安努神为挫吉尔伽美什之势而造出来的；可是后来两人成为朋友，一道进行一系列冒险——赫拉克勒斯完成的

---

1 有人认为是在一世纪或二世纪。
2 印度两大叙事诗之一，包含十万对句，分成十八篇。
3 印度教崇拜的主神之一。在《薄伽梵歌》中被称为"最高的宇宙精神"，是毗湿奴的第八个化身。
4 与梵天、湿婆并称为婆罗门教和印度教的三大神，能化作种种动物、神怪。
5 Ashurbanipal（活动于公元前7世纪），亚述末代国王，在尼尼微创办了古代中东第一座分类的图书馆。

十二件苦差的雏形。这部史诗还预示了《奥德赛》中描写的踏入哈得斯[1]冥界、埃涅阿斯的降世和女先知以及离我们更近的但丁的《神曲》。雪松林的看守、全身覆有坚硬铜鳞甲的巨人胡瓦瓦之死，是这部多姿多彩的诗篇中许多奇事之一。亡者的凄惨和寻找不朽是作品的主题。可以说这部巴比伦式的巨著无所不包。篇篇文字诉说着远古时代的可怖，并使我们觉察时间的难以估量的脚步。

---

1 希腊传说中的冥王，他和妻子同为阴间主宰。

胡安・何塞・阿雷欧拉
《幻想故事集》

　　我想我已不相信自由意志；但如果有人非要我用除其姓名之外的一个词来指代胡安・何塞・阿雷欧拉（尽管这一前提并不存在），我相信这个词就是自由——由睿智驾驭的无边想象力的自由发挥。他的一部收有其一九四一年、一九四七年和一九五三年作品的集子名叫《千变万化的虚构》，这个书名可以涵盖他的全部作品。

　　胡安・何塞・阿雷欧拉在一个多疑而顽固的民族主义风行的时代，藐视一切历史、地理和政治条件，把目光投向宇宙和自己的畅想能力。本书收入的短篇小说中，给我留下最深印象的是《奇异的砂粒》（它肯定也会得到斯威夫特的赞许）。和一切优秀的虚构故事一样，这篇故事也会被作出迥然不同的乃至针锋相对的解释，但无可争议的是它的美妙。他创作的最著名的故事《扳道工》有卡夫卡的巨大影响。不过，在阿雷欧拉那里有某种其师身上缺少的稚气和诙谐，卡夫卡有时显得过于机械。

据我所知，阿雷欧拉并不致力于任何一项事业，也未参加任何一种使文学教授和文学史家着迷的小小流派。他听任其想象力涌流，既为了陶醉自己，也为了陶醉大家。

他于一九一八年出生在墨西哥；他本可能出生在任何地方和任何时代。我曾见过他几面，记得一天下午我们谈论的是亚瑟·戈登·宾的最后几次冒险。

戴维 · 加尼特
《太太变狐狸》《动物园里的一个人》
《水手归来》

对组成本书的三篇令人难忘的小说，我不会写出什么无用的评介；就是说，我不会花力气像约翰·济慈所说的那样去"拆开彩虹"。我愿让读者直接、惊异地欣赏它们的妙处，而不是通过什么简述。就加尼特而言（可能对任何作家都一样），情节并不是最重要的，真正重要的是叙述情节的方式、用词和节奏。卡夫卡那篇最著名的短篇小说若加以压缩，说不定就是《太太变狐狸》。不过，这两篇作品又大不相同：卡夫卡的作品充满绝望，令人透不过气来；加尼特则是用巧妙的讽刺和十八世纪散文作家那种精确的语言来叙述故事。在切斯特顿笔下，老虎同时是恐惧和高雅的象征。这个后来用在萧伯纳身上的俏皮话，对加尼特也是完全恰当的。

戴维·加尼特家学渊源。其父理查德·加尼特[1]是大不列颠博物馆馆长，给我们留下了几部以弥尔顿、柯尔律治、卡莱尔、爱默生等人为传主的文字洗练的传记及一部意大利文学史；其母加尼特夫人曾把果戈理、陀思妥耶夫斯基、托尔斯泰等人的作品译成英文。

戴维·加尼特后来写的作品有几部长篇小说和一部厚厚的自传。自传的标题十分俏皮，叫《黄金般的回声》。他的后期作品未超出早期作品。是他的早期作品使他如今享有盛名。

本书头两篇小说属于幻想一类，其情节永远只在想象中发生。最后一篇，即《水手归来》，属于现实主义。不过我们不希望此事曾经发生——故事情节实在太逼真、太令人心酸了。

这类故事均属文学作品中最古老的一种，即噩梦类。

1　Richard Garnett（1835—1906），英国作家、图书馆学家。他是小说家戴维·加尼特的祖父，而非文中所说的父亲。

乔纳森·斯威夫特
《格利佛游记》

　　贫穷的小国爱尔兰，现今人口不过三百万，却奉献给世界许许多多各种各样的天才。第一位是斯科图斯·埃里金纳，他在九世纪勾画并阐明了一种泛神论；乔纳森·斯威夫特（一六六七～一七四五）当然不是最后一位。他出生在都柏林，同奥斯卡·王尔德一样，毕业于三一学院。作为道地的爱尔兰人，伦敦对他具有极大的吸引力，就像那么多阿根廷人被巴黎所吸引，那么多南美洲人向往布宜诺斯艾利斯那样。他尝试写作难以掌握的品达罗斯体颂歌，他的亲戚约翰·德莱顿[1]对他说："乔纳森，你永远成不了诗人。"但他当了诗人，不过是以另外的方式。他致力于政治，从自由党转为保守党。他在一七二九年发表了《为防止穷人的孩子成为其父母负担的一个小小的建议》。这个方案远比九重地狱可怕,《建议》提出设立公共屠场,以便父母们出售特意喂肥的四五岁的子女。他在小册子的最后一页说自己并非出于私心,因为他本人并无子女,就是想生也为时已晚。他盼着早日死去,却在身心的巨大痛苦中等了三十年才等来死亡。"想到斯威夫特,"萨克雷写道,"如同想到一个强大帝国的衰落。"吉卜林指出,作家可以杜撰故事,却无从知道寓意何在。斯威夫特本想审判人类,不料留下了一部供儿童阅读的书。其原因是:"儿童们只读莱缪尔·格利佛船长所作的最初两次旅行,而不看后面几次恐怖的旅行。"

他失去了记忆,甚至刚刚过去的事也会忘记。在与朋友告别时,他经常说:"晚安。我希望这是我们最后一次见面。"在其生命的最后那些日子里,他从一个房间走到另一个房间,口中唠叨着"我就是我",好像要用某种方式抓住自己心中的根。

他用拉丁文写了自己的墓志铭,于一七四五年十月十三日[2]下午三时去世。

---

1 John Dryden (1631—1700),英国诗人、剧作家、文学评论家。
2 原文如此。斯威夫特死于十月十九日。

保罗·格鲁萨克
《文学批评》

　　保罗·格鲁萨克一八四八年出生于图卢兹，那也是杰出法学家雅克·居雅斯[1]的故乡。不清楚他出于什么原因要移居南美。他来到布宜诺斯艾利斯时只有十八岁。他养过羊，当过教员、学监、图库曼师范学校校长，始终嗜书成癖。一八八五年，格鲁萨克出任阿根廷国立图书馆馆长，至一九二九年去世，始终担任这一职务。他的挚友为圣地亚哥·德·埃斯特拉达、卡洛斯·佩列格里尼[2]和阿尔丰斯·都德。他曾为克列孟梭[3]译过吉卜林的《如果》。

　　在其著作中，论战这一体裁可说屡见不鲜，而且写得极为犀利。我把他一篇文章的开头抄录于此："N. N. 博士辩护词的公开出售成了它广为流传的严重障碍，我们深感遗憾。"

又说："胡安·克里索斯托莫·拉菲努尔不得不在刚刚知晓其所教学科的皮毛时离开他的哲学讲坛。"读者可在本书中发现许多类似的尖刻言词。格鲁萨克的个人命运也像所有人的命运那样奇特。他一定十分乐意在其祖国用母语写作出名，不料却在始终被他视为偏僻之地的遥远国度，因一种他虽然很精通却从未使他十分满意的语言成名。其真正的使命是把法语的严密和讥讽传授给一个成长中的大陆。他曾无奈地写道："在南美出名仍可能是个无名之辈。"

他崇拜雨果、莎士比亚、福楼拜和古典作家；从未喜欢过拉伯雷。他对心理学感兴趣，在《精神之旅》中的一篇文章中指出："奇怪的是，我们的头脑每天都从梦的荒唐世界中浮出，却能重获一份相对的清醒。"

利涅尔斯一九〇七年所写的格鲁萨克的传记也许是所有格鲁萨克传中最动人的一部。

格鲁萨克是批评家、历史学家，更是一位文体家。

---

1 Jacques Cujas（1522—1590），法国法学家、古典学派学者。
2 Carlos Pellegrini（1846—1906），阿根廷政治家，1890 年至 1892 年任阿根廷总统。
3 Georges Clemenceau（1841—1929），法国政治家，第三共和国总理。

曼努埃尔・穆希卡・莱内斯 *
《偶像》

穆希卡・莱内斯几乎对一切都抱有怀疑的态度，唯独没有怀疑过美，也未怀疑过美好的"统一派"事业（这是纯粹的"土产"，但我们不能不提到它）。他曾为伊拉里奥・阿斯卡苏比和埃斯塔尼斯劳・德尔坎伯写过传记，却拒绝为埃尔南德斯作传，只因后者属罗萨斯派。

他与笔者差异之大，实在难以想象；但我们却成莫逆之交。我们甚至还发现了一位共同的远亲——堂胡安・德・加拉依。我认为就是那位有名的胡安・德・加拉依[1]。我们之间的友情不必依靠频繁往来和交换秘密。我双目失明（在某种程度上可说一生如此），但是穆希卡・莱内斯与泰奥菲尔·戈蒂耶[2]一样，有一个看得见的世界，还有戏剧和歌剧，而对我来说，这两样艺术是部分遭禁的。我觉得仪式、文学院、周年庆祝和典礼全无意义（也许这是我的悲哀），他却从这些"假面"中得到乐趣。他乐于接受这一切并报之以微笑。他首先是个勇敢的人，从不迁就蛊惑宣传。

凡是浩繁的作品总会有秘密的角落。我挑选了《偶像》。在曼努埃尔·穆希卡·莱内斯的其他作品中（全都是名副其实的佳作），作者常常是人群中的人[3]，但在《偶像》这部人物最少的作品中，源于埃文河岸的故事中的人物或多或少有莎士比亚和弥尔顿的影子。每位作家都会在尘世的某些侧面体会到它的恶与美，曼努埃尔·穆希卡·莱内斯是在昔日豪门大族的衰败中强烈地感觉到了这一切。

---

* Manuel Mujica Láinez（1910—1984），阿根廷作家、艺术评论家。写过多部阿根廷作家传记，《偶像》为其所写系列小说之一。

1 Juan de Garay（1528—1583），西班牙征服者，曾决定重建布宜诺斯艾利斯城。后被印第安人所杀。

2 Théophile Gautier（1811—1872），法国作家，早年从事绘画。也是戏剧、芭蕾舞评论家。

3 原文为英文。爱伦·坡有一篇短篇小说即以此为题。

胡安·鲁伊斯 *
《真爱诗篇》

年轻的皮奥·巴罗哈-内西在其最初发表的一部小说中，谴责了除《堂吉诃德》和《真爱诗篇》之外的全部西班牙文学。既然如此，我们不妨对巴罗哈-内西的赞同表示赞同。有关《真爱诗篇》作者的生平，我们所知甚少：他叫胡安·鲁伊斯，生在埃纳雷斯堡[1]，曾遭十三年牢狱之苦，罪名至今未能搞清，一三五一年一月不再任大司铎。他的一生于今便是他的书。他与乔叟和薄伽丘是同代人。对这三位诗人的"喜好与差异"作一不偏不倚的研究一定十分有趣。

每个国家也像每个人那样，要完成一种不为其所知的使命。西班牙的使命之一是在为其鄙视的伊斯兰世界与欧洲之间充当桥梁。在这部文体杂糅的《真爱诗篇》中，既有普罗旺斯式的诗歌，也有安达卢西亚阿拉伯人的择吉尔[2]诗歌，虔诚的圣母颂与唱给山野村妇的不加掩饰的艳曲交织；堂托西诺参与其中的堂卡尔纳尔与堂娜夸雷斯玛之争，则与耶稣受难的回忆并列。诗篇中的女主角之一特罗塔贡文托丝，是个专为摩尔女人和修女撮合好事的女人；随着时间的推移，这个角色后被叫做塞莱斯蒂娜[3]了。在这个故事中，特罗塔贡文托丝死后，作者为她写的墓志铭是："我饶舌如喜鹊，在这墓中安眠……"书中充满讽喻故事和神话，均源于阿拉伯文学和奥维德。

我们现在读到本书书名时，会以为"真爱"是个抽象的概念。其实不然，"真爱"已人格化，是指一种凭智慧达到目的的正经的爱，一种令身心愉快的爱。"假爱"则与之相对，它代表淫荡，"随处可在"，使世间蒙羞，使人悲凉。有人揣

---

* Juan Ruiz（约1283—约1351），西班牙诗人，也被称为伊塔大司铎。他流传至今的作品只有《真爱诗篇》。
1　西班牙马德里自治区中的一座城市。
2　西班牙摩尔人的诗歌体。也译作"俚谣"。
3　西班牙文学经典《塞莱斯蒂娜》中的主人公，这个词已被当做普通名词使用，意为"拉皮条的女人"。

测"假爱"是诗人的一个夸张，甚至带有中伤色彩的形象。"假爱"可能既是虚构故事者又是故事中的人物之一。

　　诗篇意在禁欲，但所用语言虽有含蓄之处，却很粗俗放肆。奥斯卡·王尔德说起过"粗俗中的美丽闪光"。此话用于本书的文字倒很贴切。作品对今天称为"中世纪"的那个时代所作的尖刻的嘲讽，不是针对基督徒信仰，恰是出于这一信仰。

威廉·布莱克*
《诗全集》

威廉·布莱克是个好幻想的人、版画家和诗人，一七五七年生于伦敦，一八二七年在该城去世。他是最不顺应时代的人。在一个新古典主义时代，他竟创造出一部新的神话。神的名字并不都很悦耳，如：Orc、Los、Enitharmon等。Orc是把号角（Cor）拆开重组的词，该神被其父用锁链锁在阿特拉斯[1]山上；Los是由太阳神（Sol）这个词重组而来，是诗神；Enitharmon的词源不详，其象征为月亮，代表慈悲。在《海神之子的女儿们的幻觉》中，女神Oothoon撒开用丝编织的网，设下钻石陷阱，为一个她所钟情的凡人捕捉"柔和的银和炽烈的金做成的少女"。在一个浪漫主义风行

133

的时代，他藐视大自然，称它为"草木天地"。他从未走出英国国门，却像斯维登堡那样，遍游亡灵和天使的领域。他走遍沙砾灼人的平原、烈火熊熊的山岭、恶之树和迷宫交错的国度。他于一八二七年夏吟唱着离开人间。他时而停下来解释说："这不是我的，不是我的！"用以表明是看不见的天使在给他灵感。他生性易怒。

他认为宽恕是一种软弱的表现，曾说："蚯蚓被截成两段，竟原谅了犁。"亚当被逐出了伊甸园是因为偷尝了知善恶树的果实；乌里森则是因颁布道德法而被轰出天堂。

基督教人们靠信仰和伦理道德拯救自己，斯维登堡增加了靠智慧这一条，布莱克则向我们提出了得到拯救的三条路：德、智、美。他说这第三条路是基督早已预言过的，因为每个说教寓言就是一首诗。他像佛陀（其教义实际上当时并不为人所知）那样谴责禁欲主义。在《地狱箴言》中，我们可以读到这样的语句："放纵可通往智慧的殿堂。"

威廉·布莱克的早期作品图文并茂。他曾为《约伯记》、

* William Blake（1757—1827），英国诗人、版画家。
1 希腊神话中的巨神，因看了戈耳工的头而变成一座大山。

但丁的《神曲》及格雷[1]的诗集绘过精美插图。

对布莱克来说，美产生于读者和作品接触的那一瞬间，是一种玄妙的结合。

斯温伯恩、吉尔克里斯特、切斯特顿、叶芝和德尼·索拉都曾为他写书、立传。

威廉·布莱克乃文坛怪杰之一。

---

1 Thomas Gray（1716—1771），英国诗人。

休·沃尔波尔
《逃离黑暗马戏团》

休·沃尔波尔一八八四年生于新西兰。其父是奥克兰[1]主教座堂的牧师。休在英国接受教育,毕业于剑桥大学。一九一〇年发表《马拉迪克四十岁》。第一次世界大战期间,他去了俄罗斯。他是个充满活力又爱好和平的人,一度在红十字会服务,曾不止一次险些被杀,却从未打死过人。他因表现勇敢而被授予勋章。回国后,他出版《黑暗的森林》,描写其仁慈的战争体验。写于一九一九年的《秘密的城市》延续了该书的情节。《马拉迪克四十岁》是他所写的四部[2]哥特式小说的第一部,他在包装纸上写成此书。第二部小说《冒险序曲》写了鬼怪幽灵,朋友们为之愕然,因为当时

（一九一二年）正是现实主义风靡之时。第三部书的书名令人难忘，叫做《"红毛"画像》，这部小说引起了好莱坞的注意，并被搬上银幕（查尔斯·劳顿[3]在影片中的表演极为精彩）。小说的开头部分很妙，结尾却很平常。第四部即《逃离黑暗马戏团》，读者可作出自己的判断；不过，沃尔波尔本人认为这是四部小说中最好的一部。他说，他对于这部书的感情有如一位母亲偏爱长得最丑的那个女儿。

莱辛曾指出，情节的叙述应当连续不断，不应有太多的描写及拖泥带水。休·沃尔波尔向来清楚如何叙述故事。他的故事就像传奇，从不对人物作出分析，人物只有一连串的行动。主导其作品的是一种基本的拜火教：人物非忠即奸，不是小人便是英雄。他要是说某某人是世上最邪恶的人，我们便会不可思议地信以为真，情节可能就发生在一个夜晚，但这个夜晚可以千变万化，好似阿拉伯人的《一千零一夜》。

---

1 新西兰最大城市和最大海港。
2 即四卷本家世小说《赫里斯纪事》。
3 Charles Laughton（1899—1962），英国出生的美国电影演员，曾获奥斯卡金像奖。

在小说叙述的种种令人眼花缭乱的情节及危险的奇遇中，叙述者总能逢凶化吉。这是《堂吉诃德》的一个版本。

霍勒斯·沃尔波尔[1]于十八世纪创造了哥特式小说，写出了一些我们今天觉得好笑的作品。他徒劳无益地运用城堡和幽灵。休·沃尔波尔则在本世纪达到此类小说的高峰，而且无须求助于阴间。他于一九四一年在凯西克[2]去世。

---

1 Horace Walpole（1717—1797），英国作家、艺术史学家、收藏家，以其所著中世纪恐怖故事《奥特朗托堡》闻名，并开哥特式小说之先河。
2 英格兰坎布里亚郡阿勒代尔区一堂区城镇。

埃塞基耶尔·马丁内斯·埃斯特拉达
《诗集》

对文学的评价往往离不开历史。何塞·埃尔南德斯把一本题了词的《马丁·菲耶罗》献给了米特雷将军；后者回了他一封"警句式"的信（"警句式"是我借用的当时的时髦用语）。信中有这样一句话："伊达尔戈将永远是您的荷马。"这位将军并非不知道伊达尔戈极其平常，但他开创了一种体裁，几年后埃尔南德斯和阿斯卡苏比使这种文学大放异彩。创造一种体裁、在宣言书上签名、制造轰动效应，都比写出好作品更容易带来名声。这一看法适用于埃塞基耶尔·马丁内斯·埃斯特拉达。他未影响过什么人，也未创立过任何流派，他是一个顶点，但不是起点，因此而被人遗忘或忽略。

他那令人赞叹的诗篇被其浩繁的散文作品——如《潘帕斯草原透视》（一九三三年）、《萨缅托》（一九四六年）和《马丁·菲耶罗之死及其幻化》（一九四八年）等——所湮没。他眼中祖国的形象是忧郁的，后来发生的事情证实了他的看法。卢贡内斯曾推心置腹地对他说，他同意他的观点，但有些东西是不该说出来的，因为那会使人沮丧。

如果不是卢贡内斯和达里奥创新在先，这本诗集的创作是不可想象的，不过此集中不乏可与其楷模相媲美，甚至超过其楷模的作品，此刻我记起的有献给惠特曼、爱默生和爱伦·坡的诗，还有一篇题为《马黛茶》的诗。

埃塞基耶尔·马丁内斯·埃斯特拉达一八九五年生于圣菲省，曾在拉普拉塔大学、南方大学以及墨西哥自治大学任教，是奥拉西奥·基罗加的挚友，他于一九六四年在布兰卡港[1]去世。

1　阿根廷港口，位于布宜诺斯艾利斯以南，是南方大学所在地。

埃德加·爱伦·坡
《短篇小说集》

没有惠特曼和爱伦·坡的当代文学是难以想象的。这二位没有丝毫共同之处，唯一的共同点是两人都有多重性。埃德加·坡一八〇九年出生在波士顿——一个他后来极其厌恶的城市。他两岁即成孤儿，被一个商人——爱伦先生——收养，爱伦这个姓遂成为坡的第二个名字。他在弗吉尼亚[1]长大，却总把自己当南方人。他在英国接受教育，在该国住了很长时间，对那段生活的记忆便是对一所建筑奇特的校舍的描述（校舍中的人永远不知道自己位于建筑物中的哪一层）。他于一八三〇年进入西点军校，因嗜赌和贪杯被逐出校门。他生性好斗并神经过敏，但他笔耕不辍，给我们留下了厚厚五大卷的散文和诗篇。他于一八三五年与十三岁的维吉尼亚·克莱姆[2]结婚。作为诗人，他在自己祖国的声誉不如在世界其他地方。他的著名诗篇《铃铛》使爱默生给他起了个绰号："叮当作响的人"。他与所有的同行交恶，曾荒谬地指责朗费罗剽窃。当有人称他为德国浪漫派的弟子时，他回答："恐怖并非源于德国，而是来自心灵深处。"他的"响亮的自怜"始终不绝于耳，笔调则是感叹式的。他是酒醉后在巴尔的摩一家医院的普通病房去世的。在昏迷中，他重复着他在其早期小说中让那个在南极边缘死掉的水手所说的话。一八四九年，水手和他同时离开了人间。夏尔·波德莱尔把他的全部作品译成法文并每晚为他祈祷。马拉美写了一首著名的十四行诗献给他。

他于一八四一年写成的小说《莫格街谋杀案》（已收入本书），引出了侦探小说这个文学品种，罗伯特·路易斯·斯蒂文森、威廉·威尔基·柯林斯、阿瑟·柯南·道尔、吉尔

1　美国北部州。
2　Virginia Clemm（1822—1847），爱伦·坡的表妹，1847年病故，此后爱伦·坡精神日益失常。

伯特·基思·切斯特顿、尼古拉斯·布莱克等都步其后尘。至于他的幻想小说，当可举出《凡德马先生案件中的情节》、《坠入漩涡》、《陷阱和钟摆》、《瓶中的芳德女士》和《人群中的人》，全都是想象力空前的作品。

在《创作哲学》一书中，这位伟大的浪漫派作家宣称，写诗是一种智力活动，而不是缪斯的赠予。

普布留斯·维吉尔·马罗
《埃涅阿斯纪》

　　莱布尼茨的一则寓言建议我们设立两个图书馆，一个由一百部各色各样、有好有坏的书组成，另一个则由一百部完全相同的尽善尽美的书组成。意味深长的是后一个图书馆所收藏的必定是一百本《埃涅阿斯纪》。伏尔泰有言：如果说维吉尔是荷马的"作品"，那他势必是荷马最优秀的"杰作"。维吉尔在欧洲享有巨擘地位长达十七个世纪，浪漫主义运动否定了他，几乎把他勾销；时下我们根据作品的历史作用而非美学价值加以取舍的做法又在损害他。

　　《埃涅阿斯纪》是人们不无轻蔑地称之为"人为史诗作品"中的最高典范；所谓"人为"，是说这类史诗系由一个人刻意写成，而非几代人的无意识的创造。维吉尔原本就要写出一部旷世之作，竟奇妙地取得成功。

我说奇妙，是因为大凡杰作往往是偶然或不经意的产物。

这部长诗也像短诗那样，每一行都经过反复推敲，那种精美、工巧正是佩特罗尼乌斯[1]不知何故在贺拉斯作品中所发现的。试举几例说明：

维吉尔不说亚该亚人[2]乘夜的间隙进入特洛伊城，而说利用月光的友好静谧；不说特洛伊城被摧毁，而说"特洛伊城已然逝去"；不说命运多舛，而说"诸神对命运作了不同考虑"。为了表达我们今天所谓的泛神论，他给我们留下这样的句子："朱庇特[3]存在于万物中。"维吉尔没有谴责人的好战的疯狂，说那是"对铁的钟情"。他不说埃涅阿斯和女预言家"穿过阴影，孤零零地走在幽暗的夜晚"，而写成"穿过阴影，幽暗地走在孤零零的夜晚"[4]。

---

1 Gaius Petronius Arbiter（约 27—66），古罗马作家。
2 古希腊大陆上的四个主要部族之一。
3 罗马神话中的主神，即希腊神话中的宙斯。
4 原文为拉丁文。

这当然不仅是一种修辞手段，即所谓的倒置法，因为"孤零零"和"幽暗"在句中并未改变位置；这样两种方式——常见的和维吉尔式的——同样确切地表达了所要表现的情景。

如此字斟句酌使维吉尔这位古典派中的古典主义作家，成了一个巴罗克式诗人，不过他的文笔十分平和，下笔审慎并未影响叙述埃涅阿斯的艰辛和命运的流畅。有些情节近乎神奇，如写埃涅阿斯逃出特洛伊城，在迦太基上岸后，在一座神庙的墙壁上见到特洛伊之战、普里阿摩斯、阿喀琉斯、赫克托耳以及他本人的种种形象；也有悲剧的情节，如迦太基女王目送希腊船只起航，知道自己的心上人弃她而去。书中的主要内容当然是英雄豪气，如一位武士所说："我的儿呀，你要跟我学习勇敢和真正的刚强；要学侥幸，得另找地方。"

除维吉尔之外，世上所有诗人中，再无任何人得到人们这样的热爱，维吉尔超越了奥古斯都[1]，超越了罗马以及至今

1　Caesar Augustus（前63—前14），古罗马帝国第一代皇帝。原名屋大维，尤利乌斯·恺撒收他为义子，并当做他的继承人，公元前27年，罗马长老院授予屋大维"奥古斯都"称号。

保留在其他国家、其他语言里的那个大帝国。维吉尔是我们的朋友。当但丁·阿利吉耶里把维吉尔当做自己的"引路人"和《神曲》中最坚韧的人物时，便把我们所有人的体验和感激之情以美的形式永远地固定了下来。

伏尔泰
《小说集》

　　没有一天我们会不用"乐观主义"这个词；该词是伏尔泰铸造出来用以反对莱布尼茨的，因为后者曾证明——竟然无视《旧约·传道书》并得到教会的许可——我们生活的世界是可能存在的世界中最美好的。伏尔泰非常理智地否定了这一言过其实的意见（用简单逻辑推论，只要做一个噩梦、长一个肿瘤，即可使这种见解站不住脚）。莱布尼茨也可能会反驳说，一个把伏尔泰赐给我们的世界应有某种权利被认为是最好的世界。

　　弗朗索瓦-马里·阿鲁埃·德·伏尔泰[1]（一六九四～一七七八）是巴黎一个普通公证人的儿子，曾受耶稣会监护,演过戏,博览群书,粗通法律,信奉自然神论,得到过许多女人的爱情,写过危险的谤书,蹲过监狱,并被逐出法国,编过悲剧,不断得到并失去"梅塞纳斯"[2]们的庇护,不知疲倦地挥舞论争之剑,走过鸿运,取得过赫赫名声,最后戴上荣耀的光环。人们给了他伏尔泰王的别名。他是最早见识英国的法国人之一。写过一篇对那个岛国的颂词(也是对法兰西的讽刺文)。他发现了莎士比亚的著作,后又进行指责。他深感东方帝国之广阔和星际空间之寥廓。他与狄德罗合著《百科全书》。伏尔泰写过这样的话:意大利精明的表现之一便是使欧洲面积最小的国土——梵蒂冈——成为列强之一。他留给我们的著作数不胜数,其中有颇似一部史诗的《查理十二史》。他从未放弃写作这种享受,他那耐人寻味的著作多达九十七卷。克维多曾嘲弄希腊人的无害的神话,伏尔泰则对基督教神话(即他所处时代的神话)进行讥讽。他注意到为圣母、圣徒建的教堂比比皆是,就为造物主建了个

1　弗朗索瓦-马里·阿鲁埃是伏尔泰本名。

2　Gaius Cilnius Maecenas(前70—前8),罗马皇帝奥古斯都的外交官和顾问,曾庇护过许多文学艺术家,后指文学艺术的保护人。

小教堂——可能是地球上独一无二的小教堂。教堂正面墙上写着"伏尔泰为上帝而建"（从一个权威到另一个权威）。这个小教堂建在费尔奈[1]，距日内瓦仅几里格[2]。他不经意地为很可能被他憎恶的法国大革命作了准备。

普通人以及学院派的一种好炫耀的表现，是令人讨厌地使用过于丰富的词汇。十六世纪时，拉伯雷险些将这个统计学毛病强加于世；法兰西的节制排除了这个毛病，使言简意赅而非堆砌辞藻占了上风。伏尔泰的风格体现了法语中最高妙、纯洁的文体，措辞简练，恰到好处。

收入本集的长篇和短篇小说是受了两部迥然不同的著作的影响，一部是东方学家加朗揭示给西方的《一千零一夜》，另一部是那位不幸的斯威夫特写的《格利佛游记》；而最有意思的是两部书的根源如此不同。

---

1 瑞士地名，伏尔泰晚年居住地。
2 旧时长度单位，1 里格约为 4.828 公里。

约·威·多恩
《时间试验》

　　将来会有那么一天，某位文学史家写出一部文学最新品种——书名——的历史。我不记得哪本书有本卷这样醒目的书名。它不仅具有装饰作用，还激起我们读这本书的欲望，而此书确实不会令我们失望。作品启人深思，为我们的世界观展现美好的可能性。

　　约·威·多恩本是工程师，而非文人。航空学的某项发明[1]就归功于他（此项发明已在第一次世界大战显示其功效）。他的数学和逻辑头脑与一切神秘化的东西相悖。他通过对每夜梦境的个人统计，构想出他的奇特理论，用三大本书阐述了他的理论，并为之辩护，从而引起热烈论争。威尔斯指责多恩过于看重他在一八九五年所写的《时间机器》的第一章，后者所作的回答即是我们现在出版的这部书的第二版。马尔科姆·格兰特也在《神和幸存者的新理由》（一九三四年）一书中对多恩进行反驳。

构成多恩全部著作的那三册书中，技术性最强的是《连续宇宙》；最后一部即《万物不死》（一九四〇年），纯属供电台广播用的普及读物。

多恩告诉我们，一段段时间组成一个无穷无尽的长流，每一段时间均流入另一段。他断言死后我们将学会成功地掌握永生；我们将重获我们一生的每个时刻，并将随心所欲对它们进行安排。上帝、我们的朋友以及莎士比亚将会和我们合作。

1　指军用飞机。

阿蒂利奥·莫米利亚诺
《评〈疯狂的罗兰〉》

    阿蒂利奥·莫米利亚诺继承了克罗齐和德·桑克蒂斯的光辉传统，长期研究意大利文学并把他的努力和对这种文学的热爱倾注在卡塔尼亚、佛罗伦萨和比萨大学的课堂上。他的第一部作品——一部关于曼佐尼[1]的评论——成书于一九一五年。《意大利文学史》可算他的杰作，该书分两次于一九三三年至一九三五年出版。他在这部书中写道，邓南遮写的每一页都是一页文选，说此话时竟像是用责备的语气。我用过许多版本的《神曲》，相信一九四五年出版的莫米利亚诺版是最好的版本。据人们所知，最初的评论都带有神学性质；十九世纪时，才有人对作者生平以及维吉尔和《圣经》对此作的影响进行探讨；莫米利亚诺与卡尔洛·格拉贝尔一样，增加了第三种评论，即美学评论。这本是最正常的方法，评价一本书，应从它引发的情感和它的美出发，而不是根据教义或政治上的理由作出判断。在墨索里尼专制时期，他用坐牢的一年时间编出了《耶路撒冷》[2]的最好版本。阿蒂利奥·莫米利亚诺出身犹太家庭，一八八三年生于库内奥[3]。

塞万提斯在《堂吉诃德》的第六章里提到过信奉基督教的诗人卢道维柯·阿里奥斯托，他们两人都嘲弄法兰西武功歌和亚瑟王传说，认为那些东西不真实。塞万提斯是用卡斯蒂利亚的乏味的现实与之相比。阿里奥斯托则是用嘲弄的笔调加以颂扬。后者知道尘世是个疯狂的王国，人所拥有的唯一自由便是其无穷想象的自由，正是出于这一信念，阿里奥斯托构想出《疯狂的罗兰》。莫米利亚诺称这部作品既清晰又似迷宫般错综复杂，现今的读者（如爱伦·坡），已无读长诗

1　Alessandro Manzoni（1785—1873），意大利作家、诗人、剧作家。

2　意大利诗人塔索（Torquato Tasso，1544—1595）所著的文艺复兴浪漫主义叙事长诗，原名《耶路撒冷的解放》（1575年完成，1581年出版）。该诗修订本叫《耶路撒冷的征服》，为塔索在晚年所重写。

3　意大利西北部城市。

的习惯，很容易在作品的玻璃大迷宫中迷路；然后他又宣称，储存着失去时光的月亮是整篇诗作遥远的精神源泉。

　　莫米利亚诺称阿里奥斯托招人喜爱，而非令人钦佩。划出这条界线时，他心里想的显然是但丁·阿利吉耶里。他不会愿意与但丁谈什么，但与阿里奥斯托交谈一定会让他感到愉快。阿蒂利奥·莫米利亚诺于一九五二年在佛罗伦萨去世。

威廉·詹姆斯
《宗教经验类型》《人性研究》

　　威廉·詹姆斯与大卫·休谟和叔本华一样，既是思想家也是作家。他的作品十分明畅（这是修养必具的品性），从不像斯宾诺莎、康德或经院哲学那样造出一些难为人的行话。

　　他于一八四二年生在纽约。其父——神学家亨利·詹姆斯[1]——不愿两个儿子成为美洲乡巴佬。詹姆斯和亨利在英国、法国和意大利接受教育。威廉研究过绘画，回到美国后，曾陪同瑞士博物学家阿加西斯[2]考察亚马孙河流域。他从医学转至生理学，从生理学转至心理学，再从心理学转至形而上学研究。他在一八七六年建立了心理学实验室。他身体羸弱，曾起过自杀的念头；他和几乎所有的人一样，重复过哈姆雷特的独白。可能是一种信仰行为把他从这一阴影中解救出来。"我的第一个属于自由意志的行为,"他写道,"便是相信了自由意志。"他就这样从长辈们压得透不过气来的信仰——基督教的加尔文教派——中解脱了出来。

他与查尔斯·桑德斯·皮尔斯[3]一道创立的实用主义是这种行为的延伸。实用主义学说后来使他成名。它让我们按每一观念对行为产生的结果来领会这些观念。该学说后来在帕皮尼、费英格[4]和乌纳穆诺的作品中繁衍。詹姆斯一部著作的书名——《信仰意志》[5](一八九七年)——可以算作对他学说的概括。

詹姆斯断言,我们称之为宇宙的最基本物质是经验,经验先于主体与客体、求知与已知、精神与物质的范畴。对"存在"这一问题所作出的这种奇特答案,自然更接近于唯心

---

1 Henry James(1811—1882),也称大亨利。小亨利·詹姆斯(1843—1916),即威廉的弟弟,是美国小说家、散文家、文学评论家。
2 Louis Agassiz(1807—1873),瑞士裔美国博物学家、地质学家。
3 Charles Sanders Peirce(1839—1914),美国哲学家、数学家、科学家,实用主义创始人之一。
4 Hans Vaihinger(1852—1933),德国哲学家。
5 即《信仰意志和通俗哲学论文集》。

主义而非唯物主义，更接近于贝克莱的有神论而非卢克莱修的物质粒子论。

詹姆斯是反战的。他曾提出用征劳力制取代征兵制，因为这样可以使人遵守纪律，并使之摆脱好战的冲动。

在本选集中，读者可以看到詹姆斯接受宗教的多样性，并认为每个人信奉与其传统相应的宗教是很自然的事情；断定所有的宗教信仰都会是有益的，只要是出于信念而不是屈服于权威；相信可见的世界仅仅是那个由感觉揭示的更加多样和广阔的精神世界的一部分；研究改宗、卫生保健以及神秘经历的个例；宣扬一种无所指的祈祷的效力。

一九一〇年，两位天才——詹姆斯和马克·吐温——逝世，我们此刻正等待的那颗彗星就在那年出现。

斯诺里·斯图鲁松
《埃吉尔·斯卡拉格里姆松"萨迦"》

　　本集记录的是一颗火一样伟大、质朴的心灵；既然是火，自然无情。埃吉尔·斯卡拉格里姆松是一名武士、诗人、阴谋家、首领、海盗，而且还是一名巫师。他的历史包罗了整个北欧：爱尔兰（他于十世纪初在那里出生）、挪威、英格兰、波罗的海沿岸及大西洋沿岸。他精通剑术，用剑杀过许多人，还精通韵律和错综复杂的隐喻。七岁时，就已写出第一首诗，在诗中请求母亲给他一条长长的船和漂亮的桨去海上乘风破浪，攻打沿海地区，杀掉所有敢于进行抵抗的人。他的诗作《赎头金》[1]（那首诗使他在约克郡城得救）被收进各种诗集，成了不朽的文字，同样不朽的是一首为庆祝撒克逊人在布鲁南堡的胜利[2]而写的赞歌,诗中夹进一曲哭祷他兄弟圣奥拉夫之死的挽歌(圣奥拉夫牺牲在战场上,遗体由他亲手掩埋)。他逃离挪威后,在一个马头的白骨上刻下一段咒语,咒语有两节,每节有七十二个如尼文字母[3];这个数字赋予他一种很快便得以应验的神力。他像阿喀琉斯一样易怒,而且十分贪婪。他有一个忠实的朋友,即阿林玻约恩。他生养的孩子,在他晚年时使他饱受凌辱和虐待。上述种种经历均记在这部书里,作品用命运般的公正态度来叙述,既不谴责也不赞扬。

作品写于十三世纪,佚名,但有些日耳曼文化语言学者认为此书为伟大的历史学家和修辞学家斯诺里·斯图鲁松所作。这是一部"萨迦",也就是说在见诸文字之前曾口头流传,经一代又一代叙述者继承、传诵与润饰。不可否

---

1 《埃吉尔·斯卡拉格里姆松"萨迦"》中的情节之一:埃吉尔年轻时杀死了埃里克国王的儿子,后落入埃里克之手。他在一夜间吟成《赎头金》一诗,颂扬埃里克,从而保全了性命。

2 指布鲁南堡战役。是役撒克逊国王打败了挪威人、苏格兰人和斯特拉斯克莱德不列颠人的侵略联军;联军由都柏林国王和约克王位的觊觎者率领。

3 北欧最古老的字母。

认，事情并非完全如书中所述；同样不可否认的是，事情实际上确实发生过，只不过不那么富有戏剧性，不那么如格言一般罢了。

这部中世纪编年史可作长篇小说读。

JORGE LUIS BORGES

Biblioteca personal. Prólogos

图字：09-2010-605 号